A megera domada

WILLIAM SHAKESPEARE

A megera domada

TEXTO ADAPTADO POR
JÚLIO EMÍLIO BRAZ

Esta é uma publicação Principis, selo exclusivo da Ciranda Cultural
© 2021 Ciranda Cultural Editora e Distribuidora Ltda.

Título original
The taming of the shrew

Texto
William Shakespeare

Adaptação
Júlio Emílio Braz

Preparação
Cristiana Gonzaga Souto Corrêa

Revisão
Fernanda R. Braga Simon
Agnaldo Alves

Produção editorial e projeto gráfico
Ciranda Cultural

Ilustração de capa
GeekClick/Shutterstock.com;
wtf_design/Shutterstock.com;
Kamieshkova/Shutterstock.com;
rudall30/Shutterstock.com

Dados Internacionais de Catalogação na Publicação (CIP) de acordo com ISBD

S527m	Shakespeare, William
	A Megera Domada / William Shakespeare ; adaptado por Júlio Emílio Braz. - Jandira, SP : Principis, 2021.
	128 p. ; 15,5cm x 22,6cm. - (Shakespeare, o bardo de Avon)
	Adaptação de: The Taming of the Shrew
	Inclui índice.
	ISBN: 978-65-5552-187-0
	1. Literatura inglesa. 2. Comédia. I. Braz, Júlio Emílio. II. Título. III. Série.
	CDD 823
2020-2554	CDU 821.111

Elaborado por Vagner Rodolfo da Silva - CRB-8/9410

Índice para catálogo sistemático:
1. Literatura inglesa 823
2. Literatura inglesa 821.111

1ª edição em 2021
www.cirandacultural.com.br
Todos os direitos reservados.
Nenhuma parte desta publicação pode ser reproduzida, arquivada em sistema de busca ou transmitida por qualquer meio, seja ele eletrônico, fotocópia, gravação ou outros, sem prévia autorização do detentor dos direitos, e não pode circular encadernada ou encapada de maneira distinta daquela em que foi publicada, ou sem que as mesmas condições sejam impostas aos compradores subsequentes.

SUMÁRIO

Prólogo 9

1 A história propriamente dita 19
    1 20
    2 26

2 Voltando à história e à cidade de Pádua 31
    1 32
    2 38

3 Confusões e artimanhas na honorável casa de
    Baptista Minola 41
    1 42
    2 50

4 Negociações matrimoniais e outros
    imbróglios românticos 55
    1 56
    2 59

5 Um casamento dos mais esquisitos 65
    1 66
    2 72

6 Loucos!	79
1	80
7 Dúvidas e penúria	87
1	88
2	92
3	102
8 Caminhos e descaminhos do coração	105
1	106
2	111
3	116
4	124
Epílogo	128

Catarina, a megera! Belo apelido para uma donzela.
A megera domada – Ato I – Cena II

PRÓLOGO

Antes da história de Catarina propriamente dita, o pretexto...

Noite fria e tediosa, o silêncio preguiçosamente nos arrasta para o derradeiro refúgio contra tanta monotonia, o pensamento e...

Zás!

A qualquer momento, um lampejo e novamente o tempo marchará, célere e interessado, para qualquer gesto ousado de desprendimento e ousadia, arremessando-nos ao eficaz antídoto contra a monotonia ou mesmo à solução de algum problema, indicando simplesmente nova direção para nossa existência.

Em contrapartida, triste fado são o tédio e a falta do que fazer que vitimam aqueles que, possuidores de certo poder, temidos ou obedecidos por força de tão abrangente benefício, na ausência ou necessidade de se entreter, atiram-se às maiores sandices capazes de promover e desembocar em situações realmente insólitas.

De que falo?

Quer saber?

Para quê? Por quê?

Acaso você está vitimado por semelhante apatia, nada tem a fazer ou, por isso, também ambiciona entreter-se com a desgraça alheia como o fez o rubincudo e entediado lorde ao passar pela taberna de Mariana Hackett e se deparar com Christopher Sly e com a possibilidade de se divertir à custa do pobre coitado do caldeireiro beberrão de Wincot?

De minha parte, estou aqui para partilhar a mesma história que ouviram Sly e todos aqueles que se divertiram à custa dele.

Pobre Christopher Sly!

Mais uma noite à mercê da bebida e dos consequentes destemperos da bem-nutrida Mariana Hackett, a famigerada taberneira da igualmente sórdida e insignificante Wincot, a quem, por sinal, devia mais cervejas do que se podia lembrar (o que certamente não justificava a fúria iracunda com que ela diuturnamente se lançava sobre o pobre beberrão), mas que inescapavelmente bebera.

A discussão já se estendia fazia um bom tempo e em tudo se assemelhava aos inevitáveis becos sem saída em que se convertiam aquela confrontação barulhenta tão comum aos outros frequentadores da taberna.

— Eu quero o dinheiro por todos os copos que você quebrou, canalha! — ameaçou a taberneira, uma centelha de ódio incontido vitimando-o mais uma vez através das dobras de gordura do rosto rechonchudo e avermelhado.

Cada vez mais trôpego e cambaleante, oscilando ora em uma, ora em outra perna, Sly cuspiu na direção da mulher e replicou:

— Morda a língua, víbora balofa e malcheirosa! Veja como fala! Os Slys não são canalhas e chegaram a esta terra com o próprio Ricardo...

— Ricardo? Ricardo? Que Ricardo, sacripanta? Você está tão bêbado que não sabe de quem está falando...

— Como assim?

— Você chegou com Guilherme, o Conquistador... Não é o que vive dizendo por aí?

— Que seja! De qualquer forma...

— Não tenho o menor interesse em suas mentiras. Eu quero o dinheiro pelos copos que você quebrou!

– Pois não terás nem sequer um vintém!
– Se assim quiser, assim será. Vou chamar a sentinela...
– Sentinela! Sentinela! Se quiser, eu mesmo a convocarei.
– Atrevido!

Sly esparramou-se no chão lamacento a poucos metros da entrada da taberna e, sorrindo despreocupadamente, a cabeça apoiada nas mãos, dormiu depois de uns poucos minutos, prometendo:

– Eu vou esperar por ele... vou, sim... vou, sim...

Irritada, a taberneira o cutucou e mesmo o chutou, mas dormindo ele estava e dormindo ficou. Por fim, irritada, mas impotente, xingou-o e voltou para dentro da taberna, de lá saindo apenas algumas horas mais tarde, ao ouvir o soar de trompas e o tropel barulhento de cavalos se aproximando.

Um corpulento e hirsuto nobre cavalgava à frente do numeroso grupo de caçadores e criados, dois deles firmemente agarrados às correias que prendiam uma esfalfada matilha de cães, gritando ordens e multiplicando elogios aos atributos de alguns animais e recomendando cuidados extremos aos melhores.

– Excelência... – A taberneira inclinou o opulento busto em uma reverência respeitosa assim que ele refreou a montaria diante do estabelecimento dela.

Ele a encarou distraidamente, a atenção atraída para o corpo de Sly estirado junto à porta.

– Que vem a ser isso, mulher? Um morto ou um bêbado? – perguntou o nobre.

– Um pouco de ambos, meu senhor – respondeu ela, lançando um olhar de desprezo para Sly, antes de acrescentar: – E, além de tudo, um caloteiro!

O nobre gesticulou para um dos caçadores e ordenou:

– Veja se ele respira.

Foi prontamente atendido.

– Respira... mas fede!

– Bem o percebo. Fede e dorme como um porco!

– A vida de nada lhe serve! – resmungou a taberneira. – Um peso morto, isto é o que é! De nada serve, não...

Uma expressão astuciosa iluminou o rosto do nobre depois de gesticular para que se calasse.

– Não se precipite, mulher – disse. – Até o mais miserável dos homens pode prestar-se a alguma coisa neste mundo.

Caçadores e criados se entreolharam, e a perplexidade de todos era em tudo semelhante à da taberneira enquanto se achegava ao nobre para indagar:

– A que se refere, senhor?

O mais velho entre os caçadores virou-se e, lançando um sorriso malicioso para os companheiros, falou:

– Eu conheço muito bem esse olhar. Sua excelência está tendo uma de suas ideias...

O nobre apontou para Sly, que ressonava pesadamente, alheio a tudo e a todos, e pôs-se a divagar:

– E se puséssemos esse bêbado em uma cama bem confortável...

A taberneira pestanejou, confusa.

– Como disse, senhor?

– E indo mais além – prosseguiu o nobre, ajeitando-se na sela, entretido com as ideias que de um momento para o outro lhe vinham à mente –, se o cobríssemos com os lençóis mais preciosos e depois enchêssemos seus dedos com os melhores anéis que tenho e, por fim, lhe propiciássemos um grande banquete?

– Continue, meu senhor – apelou o velho caçador, interessado.

– Ele não abdicaria de sua condição de bêbado e mendigo?

– Que opção teria? – o velho caçador sorriu maldosamente.

– O espanto certamente o mataria – um dos mais jovens, às voltas com um galgo dos mais inquietos, juntou-se a ele.

O nobre exultou.

– Excelente! – regozijou-se. – Vejo que concordam comigo.

– Como não, meu senhor?

– Pois bem. Peguem esse traste e o levem imediatamente para o meu castelo. Deem-lhe um banho. Perfumem sua carcaça infecta e vistam-no com as minhas melhores roupas. Deitem-no na melhor cama do melhor quarto e cubram tudo a sua volta com o que houver na casa do bom e do melhor. Quadros, cortinas, móveis e, naturalmente, os criados sempre dispostos a atendê-lo em seus menores caprichos. Música! Quero músicos para tocar o que quer que ele queira ouvir. Tratem-no com respeito e cumulem-no de reverências e palavras gentis. Usem as palavras mais bem escolhidas e elogiem-no e a seu poder e riqueza, até ao ponto que ele pare de insistir que é Sly, o caldeireiro, e se submeta ao fato que incutiremos em sua cabeça de que é um nobre e dos mais ricos e poderosos.

– Vamos nos divertir à custa desse idiota? – perguntou, rindo a valer, o velho caçador.

– Se seguirem à risca o que estou dizendo, certamente – respondeu o nobre, disparando ordens a torto e a direito, instando até com impaciência para que caçadores e criados carregassem o corpo do sonolento Sly para sua rica propriedade. Quando fustigou o cavalo e se preparava para acompanhá-los, uma trompa soou na entrada da localidade, chamando a sua atenção. – Menino, vá ver do que se trata!

A taberneira achegou-se a ele e indagou:

– Vossa Alteza espera por alguém?

Os dois olharam interessadamente na direção da entrada da localidade. O criado desfez-se feito fantasma na escuridão.

– Talvez seja algum de meus vizinhos chegando de uma viagem longa e buscando algum lugar para descansar – opinou o nobre, enquanto o criado retornava das sombras, as trompas soando bem em seus calcanhares. – Então? Quem é essa gente?

Esbaforido, o criado ainda gesticulou por uns instantes, pedindo que o nobre esperasse até que recuperasse o fôlego.

– São comediantes, meu senhor – respondeu por fim. – Buscam serviço.

O nobre sorriu.

– Pois vá até eles e diga que se aproximem – ordenou. Mais uma vez o criado se afastou, retornando minutos mais tarde com um grupo de homens cujas vestimentas multicoloridas e espalhafatosas retratavam à perfeição o ofício a que se dedicavam. Saltimbancos, artistas itinerantes que se amontoavam em duas balouçantes e igualmente enfeitadas carroças e em pelo menos dois burricos. Inclinaram-se reverenciosamente, e no momento seguinte o nobre perguntou: – Acaso buscam abrigo?

O mais velho, um homem excepcionalmente alto com ralos cabelos brancos, respondeu:

– Se Vossa Senhoria tiver interesse em nossos serviços...

– Muito me agrada. A bem da verdade, eu já o vi em outra ocasião e muito me agradou o seu trabalho.

– Creio que o senhor se refere ao papel de Soto...

– Exatamente!

– Preciosa lembrança, meu senhor...

– Oportuna, eu diria. Quero dizer, tanto a minha memória quanto a sua aparição.

– A que se refere, posso saber?

– Recebi ainda esta noite em minha casa um nobre a quem muito me agradaria oferecer uma representação...

– Estamos inteiramente à sua disposição.

– Ah, não se apresse, meu bom homem. O nobre em questão nunca assistiu a uma peça, e temo que o comportamento dele possa se mostrar tão inusitado que tanto você quanto seus companheiros acabem não resistindo e rindo dele, o que pode levá-lo sabe-se lá a quais reações.

— Não se preocupe, meu senhor. Mesmo que seu hóspede se mostre a criatura mais ridícula do mundo, asseguro-lhe que saberemos nos controlar.

Levando adiante as tratativas para se divertir à custa do pobre Sly, o nobre ordenou ao jovem criado que acompanhasse os comediantes e abrisse a despensa do castelo à fome e às outras necessidades do grupo, fossem quais fossem. Em seguida, orientou-o a encontrar um dos pajens, Bartolomeu, e vesti-lo de mulher.

— Leve-o ao quarto de nosso "hóspede" e diga-lhe para não sair do lado dele — continuou. — Ah! Em momento algum deixem de chamá-lo de "senhora". Obedeçam-lhe como se senhora, a mulher daquele bêbado, ele fosse. Aliás, diga-lhe que, assim que Sly abrir os olhos, eu o quero cobrindo-o de beijos e carinhos, comportando-se como se mulher dele realmente fosse e não permitindo que duvide disso, mas, bem ao contrário, convencendo-o de que é a sua amada esposa e que ele é efetivamente um nobre que acolhi em meu castelo. Assim o faça e se comporte, e eu saberei ser extremamente generoso em momento oportuno.

Assim ordenou, e a seu modo e do seu jeito tudo foi feito. Tanto fizeram e se mostraram de tal maneira convincentes que a criadagem do castelo, mesmo se controlando a grande custo para não rir, por fim conseguiu convencer o pobre beberrão de que era um nobre. Redemoinhavam em torno dele, oferecendo-lhe tudo o que desejasse, conduzindo-o reverenciosamente pelos corredores e escadarias e finalmente introduzindo-o no mais amplo e luxuoso dos quartos do nobre, mesmo não sendo tarefa das mais simples, pois volta e meia, em laivos cada vez mais raros de consciência, Sly protestava:

— Parem de me tratar dessa maneira! Não sou lorde de coisa nenhuma, mas somente um homem que tem apenas as roupas do corpo, e não tantas a ponto de vocês ficarem me perguntando quais quero usar hoje!

– Por que age assim, meu senhor? – indagavam os criados, as mãos estendidas em sua direção, querendo apoiá-lo, mas principalmente conduzi-lo pelo quarto luxuoso. – Acaso não reconhece suas propriedades?

Depois de certo tempo, a confusão se instalara na alma de Sly. Tanto o nobre castelão quanto seus criados divertiam-se perversamente com a perplexidade que o deixava levar-se pela profusão de quadros e tapetes valiosos ou vestir e despir-se interminavelmente com as roupas mais caras e elegantes que possuía. Aos poucos, submeteu-se e acreditou que fora vítima de misteriosa doença que o levara a crer que era um bêbado sem eira nem beira, maltratado por todos e especialmente por uma taberneira cujo rosto e ferocidade não saíam de sua cabeça.

– Delírio, meu amigo, simples delírio! – insistia o castelão, entreolhando-se zombeteiramente com os criados que rodeavam um e outro. – Quinze anos de um pavoroso delírio.

– Mas parecia tão real...

– Assim todos o são, meu senhor...

Por fim, sucumbiu àquela argumentação falaciosa, mas das mais convincentes, a tal ponto que, em dado momento, sinceramente agradecido, prometeu:

– Agradeço a todos vocês. Não duvidem que saberei recompensá-los...

O pequeno pajem Bartolomeu, convenientemente vestido como mulher, foi o golpe final na sórdida encenação de que Sly se fazia vítima. Como o nobre lhe ordenara, mostrou-se carinhoso e exageradamente terno, apresentando-se como a dedicada esposa de Sly. Mesmo quando o beberrão, tomado pela certeza de que estava diante de sua esposa, convidou-a a partilhar com ele a cama, o pajem foi hábil o bastante para esquivar-se à inequívoca insinuação de prazeres sensuais que faziam os olhos de Sly cintilar ansiosamente.

– Nossos médicos me alertaram que eu tenho de me manter afastada de nosso leito por mais tempo, sob pena de você sucumbir a uma recaída e ficar mais quinze anos em delírio... – disse, esquivando-se a seu interesse, ao mesmo tempo em que apresentava os saltimbancos. – Eles souberam de sua cura e vieram até aqui para homenageá-lo com a encenação de uma saborosa comédia.

Sly resignou-se.

– O que fazer, não é mesmo? Que se apresentem então. Do que se trata?

– Ah, é uma comédia romântica passada em algum lugar da Itália...

– Que comédia?

– Ah, não faço ideia!

O castelão, que naquele momento se sentava ao lado do "casal", sorriu zombeteiramente e informou:

– Um deles disse que se chama "A megera domada".

Sly estreitou o jovem pajem em seus braços e, sorrindo, disse:

– Ah, que encantador, não é, meu amor?

– É... – O pajem mexia-se desconfortavelmente, tentando escapar àquele abraço e aos beijos que volta e meia Sly despejava em sua testa.

– Vamos, acalme-se e venha comigo... Venha...

1
A HISTÓRIA PROPRIAMENTE DITA

1

O sol debruçava-se preguiçosamente sobre os telhados da cidade, naquele instante barulhenta e movimentada. Pádua acordara fazia poucas horas, e suas ruas fervilhavam da atividade característica às barulhentas urbes comerciais do Vêneto nos tempos hoje longínquos de poderio e riqueza da Sereníssima República.

Esquivando-se das muitas barracas que atravancavam as ruas estreitas e disputavam espaço com as carroças que iam e vinham, Lucêncio e Trânio finalmente alcançaram uma ampla praça nas imediações da já então famosa universidade local. Lucêncio ficou encantado com as incontáveis e imponentes construções que se erguiam à sua volta, os alegres bandos de estudantes que acrescentavam seu vozerio ao dos comerciantes e os grandes negociantes que circulavam em todas as direções em que olhassem. Filho de Vicêncio, mercador conhecido e pertencente à ainda mais afamada e respeitada família Bentivolli da cidade de Pisa, trazia sobre os ombros a responsabilidade de se matricular na universidade e avultar ainda mais (se fosse possível) o bom e secular nome da família. Esse fardo por vezes era insuportável e obscurecia outros tantos prazeres que podiam advir de tais experiências e que transcendiam em muito a todo envolvimento educacional que encontrasse dentro dessas instituições.

– Estude apenas o que lhe agradar, meu senhor – disse Trânio, seu devotado criado, em certo momento, já acostumado àqueles primeiros instantes de angústia e incertezas que acompanhavam o jovem Bentivolli sempre que chegava a tais destinos.

– Sábio conselho, meu bom Trânio – concordou Lucêncio, os olhos indo ansiosamente de um lado para o outro. – Se Biondello já tivesse chegado...

– Aquele não vai chegar na hora nem no próprio velório!

– Bem sei, mas a viagem foi longa e cansativa, e, se já tivéssemos arranjado uma casa em que pudéssemos ficar... – repentinamente Lucêncio calou-se, a atenção atraída para um grupo de homens chefiado por duas belas jovens que emergia de uma ruela em um dos extremos da praça. – Ei, quem será essa gente?

O mais velho dos homens, corpulento e extremamente avermelhado, cofiava a barba com impaciência e de tempos em tempos virava-se para os outros, que o acompanhavam em um alvoroço sem medida, e resmungava:

– Por favor, cavalheiros, não me aborreçam mais!

– Mas, Baptista... – o mais próximo dos homens ensaiou um protesto.

– Pense bem, senhor Baptista – um segundo, mais conciliador, juntou as mãos em uma súplica infantil.

Os apelos se sucediam e vinham de todas as direções e daqueles homens que rodeavam o infeliz chamado Baptista. Muitos iam ficando pelo caminho, abatidos, desanimados ou francamente revoltados diante da obstinação do velho, que aqui, ali ou mais adiante bradava:

– Está decidido: minha filha mais jovem não terá pretendente algum enquanto a mais velha não tiver marido.

Em muito pouco tempo, só restavam dois recalcitrantes em seus calcanhares, clamando pela permissão que ele negava obstinadamente. Um deles se chamava Grêmio, e o outro, Hortênsio, e a ambos, depois de certo tempo, Baptista fez parar com um questionamento:

— Eu estimo e reconheço os dois como homens honrados e, portanto, queria saber se pelo menos um não teria interesse em cortejar a minha Catarina.

Aquele que atendia por Grêmio empalideceu e protestou:

— Cortejar ou esquartejar?

— Como assim?

— Ela é grosseira demais para meu gosto – Grêmio virou-se para o outro pretendente e perguntou: – Não era você que buscava uma esposa, meu bom amigo?

Foi nesse instante que aquela que Baptista oferecia a ambos, uma bela ruiva de feições beligerantes e até mais bonita do que a mais jovem de pé a seu lado, virou-se para Baptista e grunhiu:

— Então é assim que me apresenta a nossos pretendentes, meu pai? Como um brinquedo para ambos e diversão para os que passam?

Hortênsio e Grêmio se entreolharam e, horrorizados, recuaram à simples aproximação dela. Hortênsio protestou:

— Pretendentes? Pretendentes? Que pretendentes? Se pretensão há, é de sua parte. Como podemos sequer pensar em nos aproximar de mulher tão pouco gentil e suave?

Os dois recuaram, ainda mais assustados, verdadeiramente intimidados pela centelha de raiva em que se converteram os olhos de Catarina.

— Tranquilize-se, meu bom homem, pois ninguém poderia estar mais distante de meu coração do que o senhor. Aliás, outra intenção com relação a você eu não teria a não ser penteá-lo com um tridente, pintar sua cara e dar-lhe a utilidade comum aos de sua laia, ou seja, a de um imbecil.

Hortênsio recuou, aterrorizado e fazendo o sinal da cruz.

— Deus me livre de tal demônio!

— Digo o mesmo, amigo Hortênsio! – ajuntou Grêmio.

Catarina rilhou os dentes com raiva e já se preparava para lançar--se sobre ambos quando Baptista interpôs-se, barrando-lhe a passagem com o próprio corpo ao mesmo tempo em que repetia:

– Não insistam! É inútil! Não insistam!

– Por que comportamento tão bizarro, senhor Baptista? – protestou Grêmio. – Por que enjaular Bianca pela língua desse demônio infernal?

– Quanta injustiça! – berrou Hortênsio. – É lamentável que nossas boas intenções causem tanto aborrecimento a essa criatura tão doce...

– Conformem-se, senhores! – bradou Baptista, irredutível. – A minha decisão está tomada!

Virou-se para a jovem miúda e de ar desamparado a seu lado. A pobre Bianca, a filha mais jovem, encolheu-se assustada, os belos olhos azuis-acinzentados arregalando-se e fixos no pai, abria e fechava a boca de lábios vermelhos e carnudos, como se pretendesse dizer alguma coisa. Não conseguiu.

– Entre, Bianca! – rugiu o mercador, autoritário, apontando para a porta que se abria na sólida e imponente construção atrás deles.

Bianca obedeceu. Catarina marchou a seu lado, sorrindo e dizendo zombeteiramente:

– Coitadinha! Tão mimada e tão infeliz...

– Agrada-me perceber que minha infelicidade a deixa tão feliz, minha irmã – replicou Bianca. Seus olhos infelizes debruçaram-se sobre Baptista e sobre seus pretendentes. – Eu, de minha parte, tenho meus livros e meus instrumentos como companhia, mesmo que tenha de aprender a tocar sozinha.

– Pobrezinha... – gemeram Hortênsio e Grêmio, praticamente ao mesmo tempo, dando um passo na direção de Baptista. Este os deteve com o próprio corpo, sacudindo as mãos como que para afastá-los.

– Por favor, deixem-me em paz! – pediu. – Como viram, eu tenho mais com que me ocupar. Preciso encontrar professores para minha doce filhinha. Ela ama a música e a poesia, e eu a amo imensamente. Tenho de lhe propiciar o melhor pelo menos para aplacar a dor e a decepção que tomam conta de seu coração.

Acompanhou Bianca. Catarina fez menção de segui-los, mas ele a deteve com o braço, pedindo:

– Fique, Catarina! Preciso falar com sua irmã...

Catarina esquivou-se à sua mão e protestou:

– Nem pensar! Aliás, por que eu ficaria?

– Eu...

– Espanta-me a sua atitude, meu pai. Acaso esqueceu que ninguém me diz o que devo ou não fazer? Francamente!

Baptista resignou-se e mais uma vez aquiesceu. Catarina marchou a passos duros e resolutos atrás dele e de Bianca.

– Mulher infernal! – rugiu Grêmio. – Não vejo melhor destino para o nosso amor, por mais extraordinário e sincero que seja, enquanto essa bruxa que ninguém quer for obstáculo...

– Tem razão, meu amigo – concordou Hortênsio, desanimado.

– Eu, por mim, sairei por aí e, caso encontre um bom professor para minha amada, mais do que depressa o mandarei para que lhe ensine a tocar seus instrumentos e a encontrar prazer nos melhores poemas que já produziu o gênero humano.

– Penso em fazer o mesmo, meu amigo. Na verdade, pensei em lhe propor algo...

– Pois não. Do que se trata?

– Sei que somos rivais no amor e afeição da bela Bianca...

– Nunca neguei isso.

– ... mas neste momento é imperativo que nos unamos em prol de igual objetivo.

– Que vem a ser?

– Ora, o que mais seria? Arranjar um louco que se disponha a casar com a irmã mais velha.

– Jesus, Maria, José! Um marido? Buscas decerto um demônio!

– Um marido, insisto.

– Caríssimo Hortênsio, eu insisto. Apesar da apreciável fortuna do pai dela, você acredita mesmo que encontraremos alguém que concordará em lançar-se voluntariamente a tal inferno?

– Meu bom amigo, não subestime a natureza humana. Decerto que, se procurarmos com afinco, encontraremos aquele que ignorará seus muitos defeitos e olhará com muita atenção para o dinheiro que a acompanhará em um eventual casamento.

– Não seria eu, acredite!

– Muito menos eu. De qualquer forma, que mal há em procurar? Pense bem: livres do obstáculo que Catarina representa, estaremos desimpedidos para disputar o coração de Bianca. Não considera útil e desejável que alimentemos nossa amizade pelo menos até que isso ocorra?

– Concordo entusiasticamente. Darei o que for preciso e necessário para que tal ocorra.

Justos e acordados, mas, acima de tudo, partilhando de idêntico desespero e angústia, apertaram-se as mãos, selando provisória trégua na sólida disputa pelo coração de Bianca.

2

    Lucêncio os viu distanciar-se rua abaixo. Abraçados e entretecendo projeto responsável por tão repentina e inusitada aliança, Grêmio e Hortênsio nem sequer perceberam quando ele se virou para a soberba propriedade de Baptista e se pôs a contemplá-la. Não propriamente a bela residência, mas a imagem da igualmente bela Bianca que ficara gravada em sua mente desde que sobre ela repousara seus olhos e o crescente interesse que Bianca provocava, assenhoreando-se de seus pensamentos, mas, acima de tudo, de seu coração. Trânio o percebeu e, em dado momento, como o jovem patrão persistia naquele demorado olhar, questionou:

– Seria possível o amor dominar assim tão completamente um homem?

Lucêncio sorriu, embaraçado, e virando-se para ele admitiu:

– Antes de eu mesmo me ver vitimado por ele, também acreditava ser impossível....

– Senhor?

– Não se faça de tolo, meu amigo. Você bem o notou, e não serei idiota ao não confessar que estou irremediavelmente apaixonado...

– Pela mais jovem, não é mesmo?

— E havia outra?

— Lamento ser eu aquele que o despertará de tão grandioso enlevo, mas infelizmente havia, e ela certamente é o grande obstáculo entre o senhor e sua felicidade.

— Como disse?

— Decerto o senhor ouviu bem o que disse a víbora...

— O quê? Que víbora?

— Vejo que nada viu além daquela que o seduziu...

— Doce Bianca...

— Pois é, meu senhor, entre o senhor e a doce Bianca existe a realidade infernal, e por que não dizer indigesta, da irmã mais velha.

— O que tem ela?

— Além do gênio infernal? A possibilidade de impedir a felicidade da irmã mais nova. Aliás, pelo que vi, com indisfarçável prazer.

— A irmã mais velha...

— Catarina é o nome da bruxa, meu senhor, e o pai, consciente do demônio que ajudou a pôr no mundo e da dificuldade que terá para dele se livrar, interpôs entre a filha mais nova e seus incontáveis pretendentes a obrigação de livrar-se de Catarina, a megera, pelo caminho mais curto do casamento.

— Como é que é?

— Enquanto solteira for Catarina, Bianca também o será.

— Quanta crueldade! - trovejou Lucêncio, alcançado pelas garras afiadas da incompreensão e da decepção causada pela determinação paterna. - Isso... isso...

— Isso é um imenso absurdo, bem sei - aduziu Trânio. - Mas nada se faz completamente intransponível quando se trata do amor. Não é o que o senhor pensa?

— É no que acredito.

— E decerto já está pensando em algo que vença ou remova tal obstáculo...

– Tudo a seu tempo, meu bom amigo.
– No que o senhor pensa então?
– Em primeiro lugar, em estar próximo do objeto de tanto amor...
– A doce Bianca?
– E de quem mais seria?
– E como pretendes fazê-lo?

Lucêncio sorriu, um brilho de malícia e interesse iluminando a misteriosa maquinação que se insinuava em seu rosto até então aparvalhado pela grande paixão.

– O senhor ouviu que é intenção do pai de Bianca provê-la de um professor...
– Certamente.
– E pretende apresentar-se para o cargo, não?
– Você me conhece muito bem, Trânio.
– A paixão o cegou a certo empecilho, meu senhor.
– Verdade? E qual seria?
– Quando o senhor for o professor, quem fará o seu papel?

Lucêncio sorriu, tranquilizado.

– Esperava maior dificuldade, Trânio...
– E esta não é?
– Nada tão instransponível assim.
– E como pretende...
– E quem mais poderia ou saberia desempenhar tão apropriadamente tal papel?
– Senhor?
– Você irá desempenhá-lo, meu amigo.
– Eu?
– Pense bem: ninguém nos viu até agora e, portanto, ninguém sabe qual de nós é o servo ou o senhor. E como Lucêncio, filho de Vicêncio, você será tratado, cuidado e alimentado. Temos de somente nos precaver para quando Biondello chegar. Temos de colocá-lo a par de nossos

planos para que não ponha tudo a perder com a língua dele. Ele deverá servir você como serviria a mim e tratá-lo como tal, inclusive quando você for à casa de Baptista e se apresentar como um dos pretendentes ao coração de Bianca.

Trânio empalideceu, apavorado.

– Eu, meu senhor? – horrorizou-se. – Que insensatez está me propondo?

Lucêncio sorriu.

– A que despropósitos nos lançamos pelo amor, não é mesmo, Trânio? – disse, passando o braço pelos ombros do criado e o arrastando consigo rua abaixo.

– Ai, meu Deus do céu!... – gemeu ele, absolutamente desnorteado, deixando-se levar.

ENTREATO

Sonolento e quase caindo da cadeira em que se refestelava, Sly bocejou e esfregou os olhos em mais de uma ocasião. Reunidos em torno dele, tanto o castelão – que se divertia com toda aquela situação, uma encenação dentro de outra – quanto os muitos criados que se amontoavam em torno do caldeireiro, em lorde poderoso transformado pelas artimanhas de um nobre entediado, entreolharam-se, e um deles perguntou:

– Meu senhor, gostaria que interrompêssemos a apresentação?

Sly levantou a cabeça vagarosamente, como se ela lhe pesasse toneladas, e pestanejou vigorosamente antes de balbuciar:

– Não compreendo...

– Notamos que o senhor está cabeceando de sono...

– Mas eu estou vendo.

– Não queremos obrigá-lo a ver o que aparentemente não o está interessando.

– Você está enganado.

– Estou?

– A história é tão interessante que mal posso esperar para ver como isso acabará.

– Realmente?

– Claro... – os olhos de Sly deambularam pelos rostos à sua volta, antes de ele perguntar: – Ainda falta muito?

Sorrisos zombeteiros se multiplicaram silenciosamente em torno dele.

– Mal começou, meu senhor...

O pajem que se fazia passar por sua esposa repousou a cabeça em seu peito e, fingindo carinho e preocupação, disse:

– Você aguentará, meu querido?

– Decerto que sim, mulher! – Sly bocejou mais uma vez, antes de concluir: – Quero ver como termina!

2
VOLTANDO À HISTÓRIA E À CIDADE DE PÁDUA

1

— Mas com todos os diabos, quem será a uma hora dessas?

Hortênsio irritou-se, e sua contrariedade apenas aumentava desde que a primeira batida na porta de sua casa estrondeou por escadarias, salões e corredores. Multiplicava-se, e, em dado momento, acreditou que a porta desabaria sobre os criados que se apressavam em abri-la, tamanha a violência com que a golpeavam. Recuou, assustado, e ainda tremia dos pés à cabeça quando a viu escancarar-se e um grandalhão avermelhado avançar aos trambolhões e finalmente esparramar-se a seus pés.

— Grúmio! — reconheceu-o e, no momento seguinte, olhando para a porta aberta, viu a figura ainda maior e hirsuta de Petrucchio avançar com cara de poucos amigos, erguendo um dos pés, prestes a chutar seu mais fiel criado.

Por trás de uma verborrágica chuva de palavrões os mais ferozes e assustadores possíveis, irritou-se quando Grúmio engatinhou desesperadamente e refugiou-se atrás de Hortênsio.

— Saia da frente, meu amigo! — gritou. — Deixa-me acertar uma boa meia dúzia de pontapés nesse imprestável!

— Proteja-me, senhor! — apelou Grúmio, aflito. — Meu amo enlouqueceu completamente!

– Poltrão dos infernos! Inútil! – rugiu Petrucchio. – Vou lhe mostrar quem está louco!

Hortênsio sorriu e balançou as mãos para Petrucchio, como a apelar para que se acalmasse, enquanto dizia:

– Seja bem-vindo à minha casa, meu grande amigo – olhou de esguelha para Grúmio, ainda entrincheirado atrás de si, e acrescentou: – Tu também, querido Grúmio. Agora vá, levante. A briga acabou.

Grúmio alcançou a truculenta figura do patrão com um olhar ainda receoso e insistiu:

– Acabou mesmo, meu amo?

– Vá embora daqui, rapaz, ou feche essa boca de uma vez.

Grúmio ainda se demorou uns instantes para sair de trás de Hortênsio e juntar-se a outros criados que observavam a insólita cena a prudente distância.

– Que bons ventos o trazem de Verona, Petrucchio? – perguntou Hortênsio, sorridente.

– O melhor dentre tantos ventos: aquele que conduz os jovens a sair pelo mundo atrás de aventura e fortuna.

– Como assim?

– Meu bom e velho pai acaba de morrer, e eu achei por bem ajeitar-me na vida, pois de aventuras posso bem falar, mas é chegada a hora de arranjar-me com um matrimônio vantajoso e aumentar o peso da bolsa que carrego.

– Como é?

– Não me falta dinheiro. Trago bolsa pesada dele e tenho muito mais de onde venho. No entanto, aumentar tanto uma coisa quanto outra me fará muito bem, pois não?

– Devo entender que você veio a Pádua para encontrar um bom partido para casar?

– Entendeu muito bem.

Um lampejo. Um simples e quase imperceptível lampejo. Hortênsio não precisou de mais nenhum desnecessário discurso ou uma exagerada profusão de palavras. Uma fração de segundos e o sorriso desenhou-se em seus lábios, aquele pensamento crescendo, espalhando-se em um enredo silencioso e de inacreditável potencial para desatar o verdadeiro nó górdio em que se transformara sua paixão pela encantadora filha mais nova de Baptista.

– Amigo Petrucchio... – principiou, aquele pensamento cristalizando-se em sua mente, uma hipótese mais do que possível de converter-se em maravilhosa e desejada realidade.

– Diga, Hortênsio – desconfiado estava e desconfiado foi se tornando ainda mais Petrucchio à medida que persistia o olhar de Hortênsio. Algo o inquietou, e sentiu-se mesmo devassado, destrinchado feito um pedaço de carne por seu interlocutor. Tramava algo, disse de si para si, defensivo.

– Você me permitiria indicar-te uma mulher?

– Como não? Confio plenamente em seu julgamento.

– Não se trata de qualquer mulher...

– Como assim?

– Poucas vezes conheci neste mundo criatura tão grosseira e realmente detestável...

– Eu já lhe disse que não sou filho de pai assustado! Não temo coisa alguma neste mundo de Deus. Por que temeria uma mulher?

– Não se trata de qualquer mulher...

– O que é isso, Hortênsio? Deixa de rodeios e me fala de quem se trata!

– Posso assegurar que ela é rica, muito rica...

– Hortênsio, vim a Pádua atrás de um casamento rico e, se este for o caso, não me preocupo se a mulher é feia como a necessidade, velha e enrugada feito a morte ou mais feroz do que um urso, caso com ela o mais depressa possível.

– Você fala assim porque ainda não a viu, meu amigo...

Misturado aos outros criados de Hortênsio, Grúmio deu um risinho zombeteiro e afirmou:

– Se houver dinheiro envolvido, creia, meu bom senhor, o patrão vai para a cama com o mais feroz dos tigres.

Hortênsio olhou de esguelha para Petrucchio.

– Isso é verdade? – perguntou, como se ainda resistisse ou temesse avançar em sua proposta.

Petrucchio afugentou seu criado com um olhar perpassado de ameaças que o fez encolher-se e refugiar-se mais uma vez entre os criados de Hortênsio.

– Esse bode velho e imprestável fala demais, mas me conhece muito bem – respondeu. – Portanto, fique à vontade para seguir em frente com a sua proposta.

– Na verdade, não chega a ser tão ruim assim...

– Entendo...

– Ela é jovem, bem bonita...

– Sim...

– E o que mais te interessa: é rica.

– Ainda não encontro motivo para temer tal criatura.

– Mas tem um senão...

– E não tem sempre? Qual é ele?

– Ela é brusca, teimosa e, acima de tudo, das mais violentas...

– Basta, Hortênsio! Chega de descrições tediosas! O ouro sempre falará mais alto, e eu o ouço neste momento. Diga-me apenas o nome do pai da donzela, e do resto cuido eu.

– Baptista Minola é o nome dele, e Catarina é o nome de sua filha mais velha...

– A que tenho que cortejar?

– Isso.

– Eu o conheço, mas nunca pus os olhos em minha noiva. Aliás, mal posso esperar. Então, vens comigo ou terei que o abandonar e ir por minha conta?

– Tem certeza?

Escondido atrás dos criados de Hortênsio, Grúmio elevou a cabeça acima da proteção de carne e osso e disse:

– Se o senhor conhecesse melhor o meu patrão, ficaria mais preocupado com a infeliz que ele acaba de escolher como noiva. Pobre criança! É inútil ofendê-lo, xingá-lo ou mesmo tentar agredi-lo. O Diabo o está mantendo aqui embaixo, pois não quer concorrência no inferno. Agora que pôs uma ideia na cabeça, nada nem ninguém vai tirá-la de lá de dentro, e coitado daquele que se colocar em seu caminho.

Hortênsio olhou para Petrucchio com uma ponta de temor.

– Penso que é melhor ir com você – disse. – A flor da minha vida também está sob o teto de Baptista...

– Do que está falando, homem?

– A filha mais nova, Bianca. A pobrezinha é vítima da megera que é a irmã mais velha. O velho Minola não arreda pé da ideia de só permitir que ela se case depois que Catarina encontre aquele que com ela se case.

– Pois se depender de mim, meu amigo, teus problemas acabaram. O demônio de saias que atende pelo nome de Catarina já tem pretendente e vai se casar comigo, não se preocupe.

– Acredito – Hortênsio achegou-se a Petrucchio e disse: – Agora eu gostaria de pedir um favor...

– O que desejar.

– Eu o acompanharei em outros trajes e gostaria que tu me apresentasses ao velho Baptista Minola como um competente professor de música...

– Mas ele não te conhece?

– Duvido que se lembre de mim. São tantos os pretendentes de Bianca que ele nem sequer presta atenção em algum de nós. De qualquer modo, valerá a pena o risco.

– Nossa, você está realmente apaixonado, hein, amigo Hortênsio?

– Mais do que talvez você consiga imaginar ou pelo menos supor. Então, posso contar com você?

– Sem dúvida. Como o apresento?

– Como um professor de música. Assim...

– Bem sei. Assim você terá mais tempo e liberdade para namorar a jovenzinha sem que alguém suspeite.

– Isso!

2

Eles se encontraram praticamente à porta de Baptista Minola. Entreolharam-se desconfiadamente. Inimigos cordiais, Lucêncio dirigiu um olhar de irremovível curiosidade para Petrucchio, enquanto Hortênsio e Grêmio buscavam estudar-se. A aliança fortuita e das mais frágeis, por ser igualmente ilusória, aqui e ali dava lugar a uma desconfiança a custo dissimulada.

– Ah, deixem-me apresentar-lhes meu amigo Petrucchio – disse Hortênsio. – Ele vai ser a solução para nosso grande problema.

– Catarina? – perguntou Grêmio.

– E quem mais?

Grêmio virou-se para Petrucchio e perguntou:

– E como te propões a resolver o nosso problema, meu senhor? – perguntou.

– Da maneira mais simples possível – respondeu Petrucchio, o queixo espetando arrogantemente o ar entre ele e seus interlocutores. – Casando-me com ela.

Lucêncio virou-se para Hortênsio e perguntou:

– Ele sabe o que o espera?

— Perfeitamente — respondeu Petrucchio. — Sei que se trata de criatura irascível, brigona e de língua das mais ferinas...

— E mesmo assim...

— Pouco me importam todos os defeitos e qualidades dela. Sei o que vim buscar e é o que vou levar, nada mais.

— Você é corajoso.

— Determinado, eu diria.

Grêmio olhou, sorridente, para os outros à sua volta.

— Tanto faz — disse. — O importante é que não poderia ter chegado em hora mais providencial e, no que precisar, conte conosco.

— Agradeço, mas não creio que seja necessário.

— Talvez mude de ideia ao conhecer a fera que você pretende desposar...

— Talvez seja ela que se transforme depois que souber com quem está lidando.

O pequeno grupo ainda discutia à frente da casa de Baptista quando Trânio, seguido por um jovem magricela e de vasta cabeleira negra, aproximou-se e perguntou:

— Os senhores saberiam me dizer qual o caminho mais rápido para a casa de Baptista Minola?

Grêmio e Hortênsio se entreolharam, desconfiados.

— Acaso não é aquele que tem duas filhas muito bonitas?

— Exatamente — concordou Trânio.

— E a qual delas se refere, poderíamos saber?

— Que lhe importa?

Petrucchio interveio, beligerante:

— Espero que não esteja atrás da brigona.

— Não gosto de mulheres brigonas — afirmou Trânio. Virando-se para o pajem, ordenou: — Vamos andando, Biondello.

Hortênsio colocou-se em seu caminho e interrogou:

– Então está interessado na outra?

– E se estiver?

– Eu sairia daqui o mais depressa.

– Por quê?

– Porque ela já é desejada pelo senhor Grêmio – respondeu Grêmio.

– E também pelo senhor Hortênsio – ajuntou Hortênsio, ambos indisfarçavelmente hostis.

– Senhores, senhores – disse Trânio, apaziguador. – Será que teremos mesmo de brigar pela donzela antes de sequer podermos estar diante dela?

– Não a viu? – Grêmio era o mais desconfiado e não desgrudava o olhar de Trânio, que de tempos em tempos olhava para Lucêncio, por quem fazia se passar.

– Na verdade nem sequer conheço o bom Baptista Minola. Ele e meu pai tiveram boas relações, e da filha só tenho os comentários...

– Que comentários?

– Você sabe que são duas?

– Sei que uma tem a língua afiada e mortal e que a outra se conhece pela modéstia e incrível formosura.

Petrucchio aproximou-se, empurrando Biondello para o lado e se colocando à frente de Trânio.

– A primeira é minha noiva – informou. – E eu agradeceria se a deixasses em paz. Na verdade, eu vos aconselho a se concentrar em suas próprias batalhas, pois, ao casar com a minha doce Catarina, o caminho estará livre para que os três se matem pelo coração da irmã dela, como, ao que parece, é o interesse de todos.

– Pois bebamos então ao senhor e ao bem que está fazendo por nós! – disse Trânio, conciliador.

3

CONFUSÕES E ARTIMANHAS NA HONORÁVEL CASA DE BAPTISTA MINOLA

1

O conflito era permanente e se fazia longo e de maneira tão persistente que ninguém naquela casa sabia bem quando começara. Inveja. Inveja persistente. Inveja que muito provavelmente começara quando Catarina teve a percepção exata ou pelo menos a crença de que a irmã mais nova era a favorita do pai e, na verdade, de todos que gravitavam em torno de ambas. Uma criatura mais racional e mesmo coerente com toda a certeza pararia e buscaria até em si mesma uma resposta para tal preferência. Mas, ao contrário, quanto mais se sentia alijada, evitada e até temida, mais Catarina cavava trincheiras profundas no campo de batalha em que converteu a honorável casa de Baptista Minola.

Muitos, a começar por ela mesma, concordavam que nunca fora de comportamento afável ou de índole pacífica e delicada. Desde o princípio, e os anos que a separavam da irmã mais nova certamente contribuíram para a ilusão de que era o centro das atenções daquela casa, reinara sozinha e absoluta no carinho e atenção de todos até o nascimento de Bianca. Catarina fizera-se pessoa de forte personalidade e se acostumara a ser atendida até nos mais descabidos desejos.

No princípio, era a perplexidade, a incompreensão acerca da própria sensação de abandono crescente que experimentava, aquela que crescia dentro de si e a fazia pressentir, perceber a falta de algo, o carinho rareando, a atenção se voltando para a recém-chegada, enquanto ela ia sendo deixada, abandonada a um canto, à ressentida desimportância. Foi assim que no fim cresceu a animosidade que se fez de pequenas maldades, este ou aquele beliscão, um truculento empurrão, e desde então só crescia e fazia dela a criatura odiosa que sentia prazer em ser hostil, beligerante e, a qualquer instante, passível de raiva e violência temíveis, a obstinação birrenta e por vezes apavorante que levava o próprio pai a, incapaz de compreender e em seguida controlá-la, criar terrível estratagema para dela se livrar: a queridinha que todos mimoseavam e inúmeros pretendentes cortejavam não se casaria se antes Catarina não encontrasse pretendente ou qualquer um que, certamente por dinheiro, se dispusesse a levá-la para onde quer que fosse, preferencialmente para o mais distante possível de Pádua.

Diminuída, ofendida, ferida em seus brios, desde então Catarina passou a desdobrar-se em arrogância e ferocidade, destratando qualquer um que à sua frente se colocasse e ousasse declarar-lhe um amor que bem sabia era mais direcionado ao dinheiro de seu pai. E assim, vingança terrível, solteira permaneceria e à igual solteirice condenaria a infeliz irmã que lhe tomara o carinho e o afeto dos pais.

– Querida irmã, por que me humilhas desse jeito? – perguntou Bianca, mais uma vez aflita, alcançada pelas mesquinharias cotidianas que aumentavam quando novos pretendentes se digladiavam à porta do velho Baptista Minola.

– Não venha com suas arengas melosas, sonsinha – rugiu Catarina, perseguindo-a de um lado para o outro da sala. – Diga-me: quem é o seu preferido?

– Sei que não acredita, mas até hoje não apareceu um que me encantasse verdadeiramente...

– Mentirosa!

– Deve ser Hortênsio.

– Se ele a agrada, minha irmã, intercederei junto a ele para...

– Ah, como ela é generosa!
– Você bem sabe que faria tudo para que...
– ... para que eu a deixe em paz?
– Imagina!
– Ah, aposto que te interessa Grêmio. Bem sabemos que é rico e...
– Então fique você com ele e solte a minha mão!

Catarina a estapeou, e, para seu azar, no mesmo instante, Baptista entrou na sala.

– Que confusão é essa? – indagou, a surpresa cedendo lugar bem rapidamente à irritação que mais aquele gesto intempestivo e agressivo lhe causou. Imediatamente abraçou protetoramente Bianca, colocando-se entre ela e a irmã, a quem dirigiu um olhar enfurecido e gritou:
– Será que não tem vergonha, espírito maligno? Por que maltrata sua irmã, que nada fez a você a não ser insistir inutilmente em ser carinhosa e amiga com quem a maltrata praticamente desde que nasceu?

– Fingida! – Catarina lançou-se mais uma vez sobre a irmã.

Baptista a deteve com a mão.

– Afaste-se, demônio! – insistiu. – Saia daqui, Bianca! Tu não mereces esse tratamento.

Bianca, como sempre pálida e assustada, saiu precipitadamente da sala ao mesmo tempo em que Catarina afastava a mão do pai com um repelão e resmungava:

– Evidentemente o senhor não me suporta, não é mesmo, meu pai?

– Como posso se não existe um dia em que você não se esforce para que cada um de nós dentro desta casa a evite ou a odeie? O que você tem, minha filha? Por que todo esse ódio contra sua irmã? Que mal ela fez a você?

– Ela existe! – rugiu Catarina, saindo precipitadamente da sala.

Baptista pensou em ir em seu encalço, cobrar-lhe as mesmas e conhecidas explicações, fazer as mesmas perguntas de sempre e que ela invariavelmente deixava sem resposta. Foi interrompido por uma pequena comitiva de homens, tendo Grêmio à frente de todos.

– O que significa isso? – perguntou, impaciente.

– Bom dia, vizinho – cumprimentou-o Grêmio, sorridente.

– Bom dia para você também, Grêmio – os olhos de Baptista deambularam interessada e curiosamente pelos rostos à sua frente. – Mas o que o traz até aqui e quem são seus amigos?

Grêmio mal teve tempo de insinuar um novo sorriso, pois nesse instante Petrucchio o afastou e, colocando-se entre ele e Baptista, cravou o mais vulpino dos olhares no mercador. Sem a menor cerimônia e com nenhuma educação, perguntou:

– Perdoe-me, bom homem, mas acaso não tem uma bela e virtuosa filha chamada Catarina?

Baptista recuou, assustado, os olhos fixos em seu truculento interlocutor.

– Sim, esse é o nome de uma delas... – balbuciou.

Petrucchio tornou a empurrar Grêmio, que procurava se interpor mais uma vez entre ele e Baptista, e, em seguida, tornou a encarar o mercador, prosseguindo:

– Meu nome é Petrucchio e sou um cavalheiro de Verona. Tenho ouvido falar da beleza e da grande inteligência de sua filha...

– Catarina? – espantou-se Baptista, o olhar de incredulidade indo e vindo pelos outros rostos emudecidos e embasbacados atrás de Petrucchio.

– ... de seus modos afáveis e doces...

– Cavalheiro, deve estar havendo algum engano...

– ... de como é modesta e das mais recatadas dentre as tantas donzelas de Pádua...

– Cavalheiro...

– Por isso estou aqui.

Completamente desnorteado, Baptista gaguejou:

– Po-Po-Por isso o quê?

– Por causa de tua filha Catarina...

– Creio que está equivocado. Catarina...

— É exatamente por causa de tua filha Catarina que estou aqui. Vim ver com meus próprios olhos o que só conheço pela fala e opinião de outros. Sei bem que estou sendo extremamente ousado e, por causa disso, resolvi me fazer acompanhar por um de meus mais fiéis servidores.. – Petrucchio apontou para Hortênsio, que, metido em roupas bem mais humildes do que as que habitualmente usava, inclinou-se reverenciosamente. – Seu nome é Lício, ele é versado em música e matemática, e certamente terá o maior prazer em instruir tua filha em tais ciências, apesar de saber que delas Catarina não é inteiramente ignorante.

— Seja bem-vindo a minha casa, Petrucchio de Verona – disse Baptista, ainda desnorteado. – Mas, sobre minha filha...

— Percebo em teu tom de voz que...

— Receio que ela não lhe convenha, apesar de que me faria gosto...

— Pois então qual o obstáculo a...

Nesse instante, visivelmente impaciente, Grêmio insinuou-se entre os dois homens e, virando-se para Petrucchio, disse:

— Queira me perdoar, estimado amigo, mas poderia abreviar tua conversa?

— Serei breve...

— Não duvido, apesar de desconfiar de que ainda irá amaldiçoar o que tão ansiosamente se oferece para cortejar – Grêmio virou-se para Baptista e, por trás do maior e mais subserviente dos sorrisos, assegurou: – Creia, vizinho, o presente de meu amigo será extremamente útil. Aliás, querendo expressar igual estima, trago-lhe esse jovem erudito – apontou para Lucêncio, usando trajes bem mais modestos do que aqueles que costumeiramente usava. – Seu nome é Câmbio, e ele estudou grego, latim e outras línguas em Reims. Eu me sentiria extremamente honrado se pudesse aceitar os serviços dele.

Baptista agradeceu e já fazia menção de voltar-se mais uma vez para Petrucchio, quando teve a sua curiosidade despertada para Trânio, que, ao lado de Biondello, ostentava trajes requintados, seguramente pertencentes ao patrão.

– E quem é você, meu bom amigo? – perguntou.

– Eu é que deveria me desculpar, meu bom senhor – disse Trânio. – Aliás, queira me perdoar pela ousadia, mas mal vi este grupo e ouvi que entre eles há alguns que ambicionam a mão da bela Bianca. Então atrevi-me a acompanhá-los.

– E quem é você? – insistiu Baptista.

– Meu nome é Lucêncio, e tenho certeza de que, logo que o senhor tomar conhecimento de minha linhagem, irá me acolher com muito boa vontade como um dos pretendentes de tua formosa filha. E, pensando exatamente nela e em sua educação, que imagino ser uma de suas maiores preocupações, eu trouxe comigo este alaúde e alguns livros – apontou para o instrumento musical e para os livros que Biondello carregava.

– De onde você vem, rapaz?

– De Pisa, meu senhor. Sou filho de Vicêncio.

– Ah, vem de uma família das mais ilustres. A reputação de teu pai o precede – Baptista virou-se para Hortênsio e ordenou: – Tu, pegue o alaúde! – e, depois que deu idêntica ordem a Lucêncio, para pegar os livros, informou: – Vou mandar que os conduzam até suas alunas.

Um criado foi chamado, e ele insistiu para que os levasse à presença de Catarina e Bianca.

O pequeno grupo ainda saía, quando Petrucchio voltou-se mais uma vez para Baptista e insistiu:

– Sejamos práticos, meu amigo. Sou homem muito atarefado e desde já tenho que lhe dar ciência de que não poderei vir aqui diariamente para cortejar tua filha. De qualquer forma, bem sei que conhece muito bem meu pai e, mesmo não me conhecendo tão bem, acredito que a reputação de meu pai e de minha família fala por mim. Sou herdeiro de considerável fortuna, à qual me dedico a aumentar. É natural que eu queira saber qual dote receberei caso conquiste o amor da bela Catarina...

— Quando eu morrer, metade de todas as minhas terras será dela, bem como um dote que hoje alcança o valor de vinte mil coroas.

— Apreciável. Eu, de minha parte, posso garantir que, se ela enviuvar, ficará com todas as minhas terras e posses. Podemos firmar um contrato para que todo esse acordo fique garantido à força da palavra.

— Deus o ajude, meu bom homem...

— Tranquiliza-te, senhor Baptista. Bem sei o que te perturba, mas, acredite, serei tão paciente quanto tua filha é orgulhosa e cheia de vontades. Estou habituado a conseguir o que quero e tenho os meios e maneiras para chegar ao meu objetivo. Não sou injusto, mas também não sou dado a sutilezas ou afeito a dobrar-me a qualquer mulher, mas bem ao contrário.

— Só posso te desejar boa sorte, Petrucchio...

— Sorte é para os fracos ou para aqueles que não confiam em si. Ela vai se dobrar, o senhor verá.

Petrucchio calou-se abruptamente, a atenção atraída para uma gritaria que ressoava por toda a casa e materializou-se na figura desarvorada e extremamente assustada de Hortênsio, que irrompeu para dentro da sala em desabalada carreira, o alaúde quebrado e pendurado em seu pescoço como um insólito colar de madeira.

— Mas o que houve, meu amigo? – indagou Baptista. – Por que está tão pálido?

— Um demônio!... – foi tudo o que Hortênsio conseguiu balbuciar, quase sem fôlego, os olhos arregalados e fixos em Petrucchio.

— Catarina... – gemeu ele, fingindo ansiedade. – Foi meu amorzinho que fez isso?

— Amorzinho? Ela é... é...

Baptista sorriu, conciliador, e ajudou-o a livrar-se do instrumento musical que carregava pendurado no pescoço.

— Por favor, meu bom amigo – disse. – Sei bem que minha filha não tem lá muita vocação para a música.

— Eu diria que a grande vocação dela é para a vida militar.

– O que houve?

– Nem sei bem. Eu me propus a lhe ensinar a tocar o alaúde, e no início ela foi muito gentil, de tal maneira educada que cheguei a acreditar que a dobraria sendo gentil. Ah, como estava enganado!...

– De alguma forma você destratou minha noiva, biltre? – interpelou-o Petrucchio, avançando em sua direção.

– Eu nem sequer tive tempo. Tudo aconteceu muito rápido.

– Tudo o quê?

– Eu apenas lhe disse que ela estava dedilhando errado o alaúde e segurei na mão dela, para lhe ensinar a posição correta e com o maior respeito. Ela me xingou e em seguida quebrou o alaúde na minha cabeça, e não parou mais de xingar.

Petrucchio sorriu, divertido, e comentou:

– É, não se pode negar que ela é uma mulher de gênio... Que graciosa é, não é mesmo? Estou me sentindo cada vez mais apaixonado.

Hortênsio encarou-o, incrédulo.

– O senhor só pode estar louco... – gemeu.

Baptista achegou-se a ele e pediu:

– Ah, não desanime, meu amigo. Vou levá-lo até a minha filha mais nova, que tem muito interesse em aprender qualquer coisa e sabe ser muito mais agradecida do que a irmã.

– Espero, espero... – Hortênsio tremia dos pés à cabeça e hesitou por um instante antes de acompanhar o mercador.

Baptista o escoltava e aos outros quando se lembrou de Petrucchio e, parando, virou-se e perguntou:

– O senhor não vem conosco? Quer que eu mande Catarina aqui para que a conheça?

– Mande-a aqui, por favor! – pediu Petrucchio, empertigando-se e, hirto e arrogantemente, indo de um extremo a outro da sala, alinhavando o que diria e como agiria assim que tivesse Catarina na sua frente.

2

Não teve que esperar muito e, no primeiro instante, esforçou-se para dissimular o deslumbramento que lhe causou a bela figura de Catarina. Surpreendeu-se, pois, ao contrário do que supunha, não se viu frente a frente com um demônio de feiura e maus modos, mas diante de uma beleza selvagem tão comum àquelas mulheres de forte personalidade e cheias de vontades. Uma expressão desdenhosa infundia um ar desafiador ao rosto avermelhado, e seus grandes olhos eram duas centelhas intimidantes determinadas a assustá-lo, como o fizera a outros tantos que chegaram à casa de Baptista Minola com a temerária pretensão de desposá-la.

Petrucchio devolveu-lhe toda a arrogância e desafios com um largo sorriso.

– Bom dia, Cata... – disse. – Creio que posso chamá-la assim, pois não? Disseram-me que todos assim a chamam. Cata, a meiga, Cata, a recatada, e apenas uns poucos, despeitados ou preteridos, não sei, ousaram chamá-la de Cata, a megera...

Catarina bufou com impaciência e rosnou:

– Os que têm tempo de me chamar de alguma coisa sabem que devem me chamar de Catarina...

– Ah, mais não foi o que me disseram.
– Não?
– Não.
– E o que lhe disseram, posso saber?
– Nem queiras saber, minha senhora. Muitas e muitos se desdobraram em me falar de teus inúmeros predicados. A tua beleza, a mais bela donzela de toda a Cristandade. A meiguice. O recato... Nossa, foram tantos os elogios que eu resolvi mover-me até aqui para pedir a você que me aceite como marido.
– Ah, pois então é móvel?
– Que encanto! Ninguém havia me dito que era igualmente espirituosa...
– Já que é um móvel, que quem o trouxe até aqui cuide de removê-lo o mais depressa possível.
– Para você e por você, sou qualquer coisa, minha doce donzela. Sente-se em mim se assim o quer!
– Para isso foram feitos os burros como você. Estou errada?
– Mas as mulheres foram feitas bem antes para carregar a nós, homens...
– Acredita nisso, senhor?
– Cata, Cata, Cata... precisamos discutir tais bobagens? Por que maltrata aquele que veio de tão longe para cortejá-la?
– Cortejar? A mim?
Petrucchio olhou em torno de ambos e, sorrindo, perguntou:
– Não há nenhuma outra que mereça minha atenção por aqui, há, minha abelhinha?
– O senhor está se arriscando. Posso feri-lo com meu ferrão.
– Não se eu arrancá-lo.
– Antes terá de encontrá-lo.
– Não é busca tão demorada. Qualquer um sabe que o ferrão da abelha está no rabo.

– Sou de espécie diferente...

– Realmente? E onde você guarda seu ferrão?

– Na língua, grosseirão!

– Ah, Cata, minha Cata querida. Por que me trata assim, se sou um cavalheiro?

– Não me parece... – Catarina voltou-se repentinamente e o esbofeteou.

Petrucchio sorriu, mas seus olhos dardejaram uma raiva súbita e das mais assustadoras.

– Faça isso novamente e eu a estraçalho... – rugiu, rilhando os dentes.

– Verdade? E com que armas, cavalheiro? Acaso pretende me bater? Um cavalheiro não bateria...

– Não se fie nisso.

– Bateria em mim?

O sorriso de Petrucchio tornou-se apaziguador, praticamente amistoso, e ele até demonstrou divertir-se com a virulenta troca de palavras e ofensas entre ambos.

– Cata, Cata, não percas tempo me ofendendo. Não será assim que escapará de mim.

Catarina o xingou e quis se afastar. Ele a segurou pelo braço e a puxou mais uma vez para bem próximo de si, os corpos roçando um no outro.

– Largue-me! – protestou ela.

– E privar-me da própria flor da gentileza que inegavelmente você é? Nunca!

– Se eu ficar, será apenas para irritá-lo!

– Você sabe que não me irrita. Ao contrário, sua presença é um refrigério para uma alma cansada e necessitada de carinho como a minha.

– Você está delirando!

– Longe de mim. Digo o que trago de mais sincero em meu coração. E o abro inteiramente para você: sonho aquecer-me em seu leito, ser pai amoroso de todos os muitos filhos que teremos juntos...

– Absurdo!

– Não, de maneira alguma. Juro do fundo de minha alma que é o que desejo. Por sinal, seu pai já consentiu que você se case comigo, e já concordamos inclusive com o dote. E, queira ou não, você se casará comigo...

– Bruto!

– Não, não o sou, Cata. Sou aquele que nasceu para domá-la e transformar a Cata selvagem na mais mansa das gatas de Pádua. Não acredita em mim? Pois aí vem seu pai. Pergunte a ele.

Os olhos de ambos se voltaram para Baptista, que entrava na companhia de Grêmio e Trânio.

– Então, Petrucchio, a quantas anda sua corte à minha filha? – perguntou.

– Às mil maravilhas!

Baptista virou-se para Catarina e insistiu:

– Mas como pode ser se minha filhinha continua zangada?

– E eu deveria estar feliz se meu pai se apressa em me casar com o primeiro doido que bate à porta e que busca se impor com pragas e ameaças? – replicou ela.

– Não te preocupes, meu bom Baptista – tranquilizou-o Petrucchio. – O senhor tem uma filha encantadora. Toda essa zanga e contrariedade é aparente, produzida apenas para propiciar-lhe dividendos de atenção e carinho. No pouco tempo em que estivemos juntos, eu percebi tudo isso, e meu ânimo tornou-se ainda maior, tanto que já marquei o nosso casamento para domingo que vem.

Catarina dirigiu-lhe outro de seus olhares, que costumeiramente saíam dos seus olhos como faísca, com incontida raiva e resmungou:

– Tudo o que eu mais queria no próximo domingo é vê-lo na ponta de uma corda, enforcado.

Todos se entreolharam, emudecidos, entre assombrados e genuinamente preocupados.

– E foi assim que você a conquistou, meu amigo? – zombou Trânio.

Petrucchio sorriu despreocupadamente e, depois de beliscar-lhe uma das bochechas rubras de contrariedade, disse:

– Paciência, paciência, amigos – disse, esquivando-se do tapa com que ela tentou atingi-lo. – Se eu e ela estamos felizes com a nossa escolha, o que vocês têm a ver com isso?

– Ela não me parece muito feliz...

– Tudo fingimento, acredite.

– Como assim?

– Eu e ela combinamos que em público meu anjinho conservará o temperamento que a tornou notória em Pádua...

– A troco de quê?

– Ah, vaidade dela, vai saber? Tenho certeza de que ela me ama profundamente. Vocês deveriam ter visto.

– O quê?

– Quando estávamos sozinhos, ela se pendurou em meu pescoço e me cobriu de beijos e mais beijos, de juras apaixonadas... – Petrucchio agarrou-se à mão de Catarina e, virando-se bruscamente para Baptista, disse: – Parto hoje para Veneza para comprar o necessário às bodas. Prepare a festa, pai, e avise os convidados. Do resto cuido eu, e pode ter certeza de que a minha mulher vai estar encantadora.

Baptista chorou, emocionado.

– Não sei o que dizer... – admitiu. – Mas deem-se as mãos. Estamos combinados, Petrucchio.

Grêmio e Trânio aplaudiram efusivamente e, no momento seguinte, o casal se separou, cada um seguindo para um lado da casa, Catarina xingando tanto o pai quanto o noivo.

4

NEGOCIAÇÕES MATRIMONIAIS E OUTROS IMBRÓGLIOS ROMÂNTICOS

1

    Baptista Minola ainda era um pai intranquilo e atormentado por toda sorte de dúvidas e preocupações depois que Petrucchio se foi. Em seu íntimo gostaria de acreditar que o turbulento pretendente de sua filha mais velha fosse a solução de seus problemas, mas não conseguia. Pelo menos não completamente. Receava inclusive estar meramente trocando um grande problema por outro ainda maior; dois, na verdade.
    Tudo acontecera depressa demais, e Petrucchio lhe parecia apenas um pretendente mais egoísta e, portanto, mais determinado, e sua ferocidade em tudo se assemelhava à de Catarina. Temia que aquele casamento durasse pouco tempo e fosse muito em breve substituído pelo funeral de um deles ou mesmo de ambos.
    E se se matassem?
    Tremia só de pensar.
    Em contrapartida, havia Bianca e seus incontáveis pretendentes a incomodá-lo também. Eles estavam por todos os lados, e não se passava um dia em que outro e mais outro viessem atormentá-lo em sua porta. Temia que, com o casamento de Catarina, as coisas apenas piorassem. Livres do empecilho representado pela irascível filha mais velha,

Baptista sabia perfeitamente que outros se somariam àqueles dois que não o deixavam em paz.

Encarou-os. Depois que se despediu de Petrucchio, esperou que partissem, mas nem Trânio nem Grêmio fizeram menção de arredar, mas, bem ao contrário, ficaram se digladiando bobamente, contando vantagens, um tripudiando da pouca idade do outro, o mais novo desfeiteando o mais velho de ser o mais provecto pretendente à mão de Bianca.

Por fim, cansando-se de ambos, Baptista os encurralou:

– Contenham-se, cavalheiros, pois serei eu que decidirá com quem minha filha mais nova se casará. Eu e o dote mais alto oferecido. O maior se casará com Bianca.

Grêmio adiantou-se a Trânio, que se fazia passar pelo patrão, e pôs-se a discorrer sobre o que estava em condições de oferecer pelo amor de Bianca:

– Como bem sabes, amigo Baptista, tenho uma casa das mais opulentas de Pádua, e ela e todas as riquezas dentro dela é o primeiro de meus oferecimentos. Em igual medida, ofereço-lhe a minha propriedade no campo, incluindo cem vacas leiteiras das melhores da região, cento e vinte bois entre os mais robustos. Sei que não sou tão jovem quanto meu rival, mas, se morresse hoje e fosse esposo da bela Bianca, não a deixaria desamparada, mas bem ao contrário.

Baptista virou-se para Trânio e indagou:

– E você, meu jovem, o que tem a oferecer?

Sabedor de que não falava em seu nome, mas no de Lucêncio, seu patrão, Trânio empertigou-se e procurou não o decepcionar.

– Como sabe, meu senhor, sou o único filho e herdeiro de meu pai e, se me concedesse a mão de sua filha, em princípio, tenho três ou quatro casas em Pisa iguais ou melhores do que a do velho Grêmio. Trago ainda dois mil ducados anuais provenientes de nossas propriedades rurais...

Grêmio exaltou-se e o interrompeu com brusquidão:

– Vinte mil? Mas isso é dez vezes mais do que consigo com minhas terras!

– E eu ainda não mencionei as três grandes galeras, os dois galeões e cerca de doze embarcações menores que meu pai possui e que certamente pertencerão a Bianca logo que ela se tornar minha noiva.

– Não tenho mais nada a oferecer...

– Então Bianca é minha!

– Bem entendido, jovem Lucêncio, desde que seu pai confirme sua proposta – atalhou Baptista Minola, prudente.

– Ele confirmará, não te preocupes – assegurou Trânio, lançando um olhar de triunfo e satisfação para Grêmio, esforçando-se para esconder a preocupação que o acometeu logo depois daquelas palavras de Baptista.

Como faria para que o pai de Lucêncio fosse até Pádua?

2

As implicâncias já se faziam rotineiras desde que Baptista lhes apresentara as filhas e apenas se acentuaram após a notícia de que o velho mercador iniciara os preparativos para o casamento de Catarina. Tanto Lucêncio quanto Hortênsio, escondendo suas identidades por trás da farsa muito bem engendrada que lhes conferira, respectivamente, os nomes de Câmbio e Lício, literalmente se engalfinhavam pela atenção da bela Bianca. Petrucchio lhes franqueara o caminho do coração da filha mais jovem de Baptista e desde então não havia dia em que os dois não se golpeassem mutuamente pelos carinhos e atenção de Bianca. Uma guerra com armas bem distintas daquelas esperadas em batalha tão renhida e, a bem da verdade, resumida apenas a uma das mais devastadoras já imaginadas e usadas por qualquer ser humano: a língua.

Nada de punhais ou espadas de lâminas mortíferas e extremamente afiadas. Nem sequer se cogitavam pesadas achas ou maças destruidoras de cabeças. Nem uma gota de veneno derramou-se em violenta confrontação e nas taças de vinho atentamente vigiadas por contendores obstinados. Unicamente a língua e seu vasto repertório de comentários maliciosos, observações viperinas, dardejantes palavras enfaticamente distribuídas de lado a lado e por vezes à exaustão, apenas para receber um risinho sutil, porém aprovador da jovem Bianca.

Mal iniciara-se mais um dia e Hortênsio apressou-se em acercar-se dela com novo alaúde, desdobrando-se em generosidades e carinhos que o levaram a envolvê-la com o próprio corpo a fim de pegar-lhe nas mãos e posicionar adequada e gentilmente seus longos dedos nas cordas do instrumento musical. Possesso, devorado pelo mais óbvio e visível dos ciúmes, Lucêncio rondava, inquieto, incapaz de afastar-se de ambos e vigilante a qualquer gesto mais ousado do rival. Tivesse a possibilidade ou capacidade e Hortênsio há tempos já teria sucumbido mortalmente ao ódio de seus olhares.

– Não sei por que insistes com esse instrumento, caríssimo Lício – disse em dado momento. – Não te bastou a recepção "calorosa" e interessada de Catarina para demovê-lo? Necessita de novo golpe? Não está claro que é um péssimo músico e pior ainda como professor?

Com Bianca aconchegada entre seus braços, Hortênsio sorriu zombeteiramente e replicou:

– Triste alma invejosa, que maus sentimentos a envenenam? Acaso tem ciúme do interesse que a bela donzela dedica a meus conhecimentos?

– Biltre pretensioso! Você vai ver quando...

– Brigão e pretensioso! Será que isso é tudo que você traz como pedagogia de Reims? Não aprendeu nada com a leitura de seus livros?

– Víbora inescrupulosa, por que me ofende dessa maneira? Teme que a donzela que prende em seus braços com falsos argumentos e propósitos indecentes perceba quão vil você é e o despeça?

– Que pobre criatura você é, nobre Câmbio! Não, pois a minha educação não me permite que te responda com idêntica grosseria. Tranquilize seu coração inquieto, pois, assim que eu passar a minha hora de ensino musical, você terá oportunidade e tempo igual para se dedicar a suas leituras.

– Devo depreender que esteja me elogiando, mentecapto pretensioso. Como pode tecer qualquer comentário sobre um livro, já que é incapaz de ceder um fiapo de compreensão a uma simples frase no menor e menos importante dentre os raríssimos livros que passaram por suas mãos?

– Cão insolente!

– Patético destruidor da audição alheia! Bem fez Catarina, que encontrou melhor serventia para seu instrumento musical.

Bianca divertia-se com aquelas intermináveis escaramuças românticas. Sentia-se desejada, mimoseada ao desespero pelos dois homens, que em muitos momentos quase se entregaram à mais desagradável troca de empurrões e socos na sua frente. Aliás, em momentos como aquele de troca de desaforos se desenrolando na sua frente, via-se obrigada a intervir.

– Como os dois ousam disputar o meu interesse se apenas a mim cabe definir quem dentre vocês terá o privilégio de partilhar da minha companhia? – protestou, fazendo-se de ofendida quando, a bem da verdade, se divertia imensamente com tão infantil disputa.

Os dois se encolheram, cordatos e envergonhados, mesmo que guardassem ainda viva animosidade na troca de olhares enviesados.

– Perdoe-nos, caríssima senhora... – desculpou-se Hortênsio.

– Nada a se perdoar, sábio Lício... – disse Bianca, apaziguadora. – Enquanto você afina o instrumento, eu me dedicarei à leitura com Câmbio, está bem assim?

– Como quiser, minha senhora...

Depois de vê-lo sair, Lucêncio virou-se para Bianca com um largo sorriso de satisfação nos lábios e, com certa malícia, observou:

– Se dependermos de que ele afine o instrumento, minha aula durará para sempre!

Sorriram. Bianca, depois de uns segundos, perguntou:

– Onde tínhamos parado em nossa última aula, Câmbio?

– *Hic ibat Simois: hic est Sigeia tellus, hic steterat Priami regia celsa senis...*

– Traduza.

– Como te disse antes, eu sou Lucêncio, filho de Vicêncio de Pisa, e estou disfarçado aqui unicamente para conseguir seu amor. O Lucêncio que se apresenta como pretendente é meu criado Trânio, que tomou o meu nome para que juntos pudéssemos enganar teu pai...

Nesse instante, Hortênsio retornou e os interrompeu:

– O instrumento já está afinado!

– Pois vamos ouvir – pediu Bianca, interrompendo-o poucos segundos depois: – O agudo está desafinado, bom Lício.

Um sorriso debochado iluminou o rosto de Lucêncio.

– Cuspa na corda e afine novamente, meu amigo! – recomendou.

Mal Hortênsio saiu e os deixou mais uma vez a sós, Bianca virou-se para Lucêncio, repetiu o texto que Lucêncio já havia lido e dele fez uma nova tradução:

– *Hic ibat Simois, eu não o conheço. Hic est Sigeia tellus,* não confio no senhor. *Hic steterat Priami,* cuidado para que Hortênsio não nos ouça. *Regia,* nada espere; *celsa senis,* mas também não se desespere...

Mais uma vez Hortênsio voltou.

– Asseguro-te que agora está perfeitamente afinado, minha senhora – praticamente gritou.

– Talvez, mas esse baixo, não sei, não... – implicou Lucêncio.

Hortênsio o alcançou com um olhar faiscante de raiva e contrariedade.

– Tem algo mais baixo do que meu alaúde por aqui – rugiu, acusador.

– Verdade? – Lucêncio zombou, incapaz de esconder o próprio deboche do largo sorriso que dirigiu ao rival.

Pressentindo avizinhar-se nova confrontação entre ambos, Bianca levantou-se e, abrindo os braços entre os dois para mantê-los afastados, disse:

– Meus queridos mestres, por favor, perdoem-me por eu ter me divertido à custa dos dois... – Virou-se para Lucêncio e acrescentou: – Câmbio, creio que agora é a vez de Lício...

Hortênsio devolveu o sorriso zombeteiro para Lucêncio ao virar-se para ele e dizer:

– Vá, engraçadinho, que minhas lições não são para três vozes!

A animosidade retornou mais uma vez, com Lucêncio levantando-se em um salto e sustentando o olhar de Hortênsio.

– Minha nossa, mas o que estou perdendo... – disse.

– Não é mesmo? – concordou Hortênsio.

Mais uma vez Bianca postou-se entre os dois e pediu:

– Fiquem calmos, senhores, eu...

Nesse instante, um dos criados entrou, atraindo a atenção dos três.

– Seu pai solicita a sua presença, senhora – falou. – Ele pede a sua ajuda na arrumação do quarto de sua irmã e manda lembrar que o casamento dela será amanhã.

– Santo Deus, é verdade! – Bianca respirou, aliviada, e, voltando-se para os dois, informou: – Perdoem-me, mas terei de deixá-los.

– Se você for embora, não tenho razão para continuar aqui – apressou-se em dizer Lucêncio.

– Muito menos eu – ajuntou Hortênsio.

Mesmo depois que Bianca saiu, tanto um quanto o outro ficaram se olhando, a desconfiança alimentando a irremovível hostilidade que persistia entre eles.

5

UM CASAMENTO DOS MAIS ESQUISITOS

1

A desorientação era tremenda, mas mesmo ela, aos poucos, mas inexoravelmente, convertia-se em verdadeiro pânico à medida que o tempo passava e os convidados, e mais ainda os interessados, amontoavam-se nas dependências da casa de Baptista Minola. Um dia fora suficiente para que a notícia do casamento da feroz e notória megera se espalhasse pela cidade.

Desde então, não havia assunto mais interessante, e Pádua inteira se mobilizou para estar presente em tão inesperado e insólito acontecimento. Naturalmente, muitos duvidavam de que existisse na face da Terra homem tão corajoso ou desesperado a ponto de arriscar a própria vida em tão temerário matrimônio. Por causa disso, afluíram em verdadeira multidão para testemunhar o malogro de mais aquela tentativa ou, mais certamente, para rir-se de Catarina quando ela se percebesse vítima de zombaria e escárnio de todos. Outra corrente, minoritária evidentemente, era partidária de que mais dia, menos dia, o inevitável aconteceria e apareceria à porta de Baptista alguém que, cego aos riscos envolvidos na empreitada e ambicionando o valioso dote oferecido pela mais irascível das mulheres já vistas naquelas redondezas, se dispusesse a casar-se com ela. Por essa razão, não haviam se disposto a comparecer ao evento para se certificar de que isso realmente aconteceria, mas para saber em que circunstâncias Catarina seria entregue ao pretendente, as apostas se dividindo entre amarrada, inconsciente ou enjaulada, e outros tantos interessados em quanto tempo duraria o casamento ou, melhor dizendo, se a viuvez da malfadada mulher ocorreria depois de dias, semanas ou mesmo de um solitário ano.

Obviamente, diante de tanto interesse e extraordinária mobilização, além de arrependido, Baptista Minola estava apavorado.

– Que loucura é essa, senhor Lucêncio? – disse, indo e vindo, pálido e suarento, pelos salões abarrotados de gente. – Hoje é o casamento de Petrucchio e não temos a menor ideia de onde anda meu genro?

– Acalma-te, meu senhor – pediu Trânio, acompanhando-o, ainda às voltas com as dificuldades crescentes de se passar pelo patrão.

– Como posso? Você pode imaginar o que irão falar? Que zombaria não farão ao saber que o padre espera há horas e não temos um noivo para acompanhar minha filha ao altar?

Catarina, que vinha logo atrás do pai cercada por Bianca e outros tantos criados, mal cabia em si de tanto ódio e a todo instante lançava pragas e outros tantos impropérios em todas as direções, e volta e meia, incapaz de controlar a grande raiva que sentia, golpeava qualquer infeliz que estivesse ao alcance de seus punhos.

– E quanto a mim? A vergonha é toda minha. Obrigada a submeter-me às pressas a um casamento que não me interessa com um idiota sem um pingo de juízo com o qual mal falei por uma hora.

– Minha filha...

– Eu bem que avisei, mas vocês quiseram me ouvir? Quiseram? – Catarina fulminou a irmã com um olhar de profunda irritação e grunhiu: – É claro que não. Mesquinhos e egoístas como poucos, estavam mais preocupados com seus interesses.

– Paciência, boa senhora, e o senhor também, senhor Baptista – disse Trânio. – Sei que toda essa situação é muito embaraçosa, mas posso lhes afiançar que, apesar de seu comportamento por vezes atrabiliário e da brusquidão de seus modos, Petrucchio é homem sério e dos mais sensatos. Ele virá, ele virá...

– Como você pode saber, meu senhor? Como tem tanta certeza? – Catarina movia-se impacientemente de um lado para o outro, os olhos ameaçadores e marejados de lágrimas, abrindo caminho através de convidados, Bianca e os outros criados em seu encalço. – Eu sabia que não deveria ter concordado com esse despropósito!...

– Minha filha... – Baptista deu alguns passos atrás do pequeno séquito que a acompanhava, mas parou ao ver Biondello emergir da multidão, gritando por Trânio. – Que se passa? Ele chegou?

– Ainda não – respondeu Biondello. Decepção geral. Risinhos zombeteiros e comentários sarcásticos se multiplicando em torno de Baptista e dos outros. O criado sorriu e, como que a corrigir-se ou tentar infundir algum ânimo ao grupo infeliz, informou: – Está chegando!

– Ah, mas que alívio! – gemeu o verdadeiro Lucêncio, Câmbio e professor transformado pelas circunstâncias de sua paixão pela bela Bianca.

Biondello sorriu, uma expressão matreira no rosto.

– Não se precipite na comemoração, meu amigo – disse.

Todos se entreolharam, em um momento alcançados por aquela fronteira cinzenta e das mais imprecisas entre a preocupação e a desconfiança.

– O que está querendo dizer, rapaz? – perguntou Trânio.

– O que mais nos aguarda, meu Deus? – questionou Baptista, olhos e mãos buscando ajuda divina no céu extremamente azulado e sem nuvens acima de sua cabeça grisalha e, naquele instante, contando a ausência de uma ou duas boas centenas de fios de cabelo.

Trânio se aproximou de Biondello e perguntou:

– Do que estás falando? Vamos, desembucha!

– É o noivo – respondeu Biondello.

– O que tem ele?

– Ele, propriamente dito, nada. São seus trajes que os surpreenderão.

A apreensão transformou-se em inevitável pânico nos olhares trocados por todos.

– O que tem seus trajes? – perguntou Trânio.

Biondello gargalhou gostosamente antes de passar a descrever o que vira:

– O grande Petrucchio aproxima-se usando um chapéu novo e uma jaqueta inacreditavelmente velha e, por si, esse traje já deixará a todos de queixo caído, pois para começar tem culotes três vezes revirados. Igualmente velhas e destroçadas são as botas que usa, uma de fivela, e a outra de cordão roído por anos por centenas de ratos esfomeados. E a espada que carrega?

– O que tem ela? – perguntou Baptista.

– É velha e extremamente enferrujada, o punho partido e a folha retorcida, quebrada em duas partes, e, segundo ele mesmo disse, foi roubada do arsenal desta cidade.

– Deus seja louvado! Que demônio é esse que está prestes a se tornar meu genro?

Biondello se divertia:

– Vocês deveriam ver o cavalo em que está montado.

– Minha nossa, tem mais...

– É um legítimo pangaré e vem por aí capengando sob uma velha sela corroída por traças e de estribos que em algum tempo bem distante estiveram em duas montarias diferentes. O animal não poderia ter mais doenças e tem a triste figura coberta de perebas, pois é sarnento de dar dó. Sobra-lhe um arreio de tal maneira coberto de nós que suponho que se rompeu inúmeras vezes. O lacaio que acompanha Petrucchio não se apresenta com melhor figura: trajes dignos de um mendigo, uma meia de linho em uma perna e uma perneira grossíssima com ligas de listas azuis e vermelhas. No chapéu velho e esburacado, uma frase foi escrita e, depois de apurar o olhar, alguns conseguem ler "O humor de quarenta fantasias", seja lá o que queira dizer.

– Certamente deve-se tratar de uma promessa ou misterioso capricho – disse Trânio. – Petrucchio geralmente se veste bem...

– É um louco! – trovejou Baptista, rubro de raiva. Acalmando-se, concluiu: – Mas creio que agora é melhor que venha, não importa em que trajes.

Calou-se, como os outros, embasbacado, no momento em que a multidão foi se abrindo à sua frente para que dela surgisse Petrucchio e a patética figura do criado que o acompanhava, uma visão das mais assombrosas que emudeceu a todos que os acompanhavam em um cortejo tolhido pela mais completa perplexidade.

– Onde está minha encantadora noiva? – perguntou ele, olhando em todas as direções. – Cata! Cata! Apareça, minha doce Cata! – encarou Baptista e os outros que se aproximavam. – Mas que caras feias são essas? Acaso não lhes agrada a minha presença?

– Não sei o que dizer... – admitiu Baptista.

– Ora, meu sogro, acolha-me com entusiasmo, o que mais?

– Eu bem que gostaria, mas... que trajes são esses?

– Os meus, evidentemente. Não lhe agradam?

– Como poderiam? Vamos, homem, tire isso! Não nos mate de vergonha em uma data tão importante como deveria ser um casamento!

– Por que está vestido assim, meu senhor? – perguntou Trânio.

– Mais tarde, mais tarde, meu bom amigo. Oportunamente contarei tudo. No momento, estou aqui para honrar a minha palavra. Onde está minha Cata? Já foi a manhã. Deveríamos estar na igreja...

– Decerto o senhor não pretende se apresentar à tua noiva usando tais trajes...

– E o que há de errado com eles?

– Por favor, meu senhor...

– Nem pensar. Vou vê-la assim como estou vestido.

Baptista empalideceu.

– Mas que despropósito! – disse. – Certamente não irá se casar vestido assim.

– Decerto que irei. Não percamos tempos com irrelevâncias! Minha noiva se casará comigo, e não com minhas roupas.

– Mas... mas... mas...

– Mas que tolo ingrato sou? Em vez de estar com minha noiva, dando-lhe o mais ardente dos beijos, cá estou a perder tempo com vocês.

Desmontou e, antes que qualquer um pudesse se interpor em seu caminho, rasgou a multidão aos empurrões e rumou para a casa de Minola, onde finalmente entrou.

– O que será que esse louco tem em mente? – perguntou o mercador.

– Seja lá o que for, seria prudente irmos atrás dele – afirmou Trânio.

2

– Vem! – foi tudo o que ele disse, entrando no maior dos vários salões da enorme casa e agarrando-se à mão de Catarina. Ela nem sequer se moveu, transida que estava tanto pelo inusitado daquela repentina aparição quanto pelos trajes pavorosos que Petrucchio usava. Deixou-se arrastar pelos corredores e, um pouco depois, com Bianca, Baptista e mais duas ou três pessoas, todos igualmente atônitos em seu encalço, saiu para uma rua lateral, a qual subiu aos tropeções, marchando para uma pequena igreja. – Não podemos fazer o padre esperar mais!

– Mas que despropósito é esse, meu genro? – indagou Baptista, esbaforido, incapaz de alcançá-los.

– O meu casamento! – informou Petrucchio, entrando.

Um turbilhão barulhento de pessoas precipitou atrás do casal e espalhou-se aos empurrões pelos bancos de madeira que se sucediam até o altar. Padre e outros religiosos, assustados, entrincheiraram-se atrás de uma enorme mesa e pelo menos quatro ou cinco fizeram o sinal da cruz diante da aparição tão assustadora.

– Mas o que significa isso? – perguntou o padre, munindo-se de coragem e finalmente esgueirando-se para fora da segurança de sua trincheira atrás da mesa.

– Pode começar, padre! – grunhiu Petrucchio, autoritário, enquanto ajudava Catarina a se levantar de outro dos repetidos tombos a que sucumbira durante a atabalhoada caminhada de sua casa à igreja.

– Como? O quê?

– O casamento, meu bom homem. Por que acha que estamos aqui na tua frente senão para realizar o casamento que toda essa gente espera há tanto tempo e com tanta ansiedade? Aliás, eu também estou ansioso. Vamos! Vamos!

Desorientado e verdadeiramente intimidado pela imagem furibunda e das mais beligerantes que era Petrucchio naquele momento, o padre buscou Baptista Minola com o olhar. Este, tão assustado quanto ele, sinalizou para que se apressasse e realizasse o mais depressa possível a cerimônia do turbulento casamento.

A igreja era um pandemônio só. A multidão se digladiava pelos lugares nos bancos de madeira e, na ausência destes, por qualquer espaço de onde pudessem testemunhar a mais insólita união já realizada em Pádua.

Intimidada, o belo vestido de noiva que usava sujo e rasgado, Catarina ainda aparentava não estar totalmente restabelecida da loucura que era toda aquela situação a que Petrucchio lhe atirara. Os braços doíam, e grandes manchas arroxeadas se multiplicavam pela pele alva e repetidamente agarrada, apertada e manuseada pelas mãos muito calosas e de dedos enormes. O joelho esquerdo sangrava, e o rosto afundara em uma poça de água lamacenta em uma das últimas quedas que sofrera. Suspeitava de que o indicador da mão direita estava quebrado, tamanha era a força com que Petrucchio se agarrava a ela. Sempre que fazia menção de dizer alguma coisa, mínimo protesto que fosse, encolhia-se intimidada pelos fortes puxões que recebia ou era atingida pelos inúmeros corpos que se estreitavam ao redor de ambos, a multidão ensandecida como querendo partilhar de cada segundo de seu suplício. Marchava para sua execução, e não para um casamento, pensou, zonza e apavorada.

O que podia esperar daquele homem?

– Ogro! Ogro! Ogro! – gritou, tentando se desvencilhar.

Ele a derrubou e, enquanto a ajudava a se levantar, gargalhou selvagemente e, olhando ao redor, declarou:

– Ela me ama, gente! Viram como ela me ama?

Ajoelhou-se diante do padre e a obrigou a fazer o mesmo. Nem sequer se importou com o que ele dizia, e de tempos em tempos se virava para a multidão que se amontoava pela igreja acenando, exibindo a mão de Catarina que insistia em manter firme e dolorosamente presa entre os dedos da sua. Quando o padre lhe perguntou se aceitava Catarina como sua esposa, deu dois violentos murros no próprio peito e gritou:

– Sim, por todas as chagas do Diabo!

Um rumor tonitruante de assombro ribombou da multidão e nem sequer foi possível ouvir a resposta de Catarina quando a mesma pergunta lhe foi feita. Ou por isso ou pelo fato de que Petrucchio alcançou o padre com um pontapé que o lançou e a seu livro para longe, o brutamontes de tal maneira ensandecido que continuou ainda por muito tempo vociferando e soltando as piores pragas em todas as direções.

Prudentemente e bem ferido, o padre apressou-se em encerrar a cerimônia.

– Vinho para todos! – urrou Petrucchio, erguendo a esposa pelo braço e recebendo da mão de Grúmio uma taça de vinho que mais derramou no rosto de Catarina do que propriamente bebeu.

Àquele chamado à balbúrdia e ao mais completo desregramento acudiu a turba que se precipitou sobre os noivos, enquanto garrafas de vinho derramavam-se generosamente sobre todas as canecas e taças que a elas se ofereciam com ansiedade e loucura. Nem nas mais sombrias câmaras do inferno se encontraria tão demoníaca sucessão de cenas tão assustadoras quanto aquelas ocorridas durante o casamento de Petrucchio e Catarina.

E o beijo que deu em Catarina?

Um murro não produziria maior ruído. Ele agarrou-a pelo cangote e lançou-se com sofreguidão a seus lábios, vencendo sua débil resistência e estendendo-o por longo tempo, a ponto que muitos chegaram a cogitar intervir, acreditando que ele pretendia sufocá-la. Quando se afastaram, Petrucchio teve de ampará-la de volta à casa do pai, e a confusão não foi menor, a pobre mulher caindo de tempos em tempos, chocando-se contra o gigante do marido e com Baptista e os outros que, penalizados, ainda tentavam ajudá-la a escapar de tão selvagem tratamento.

– Meu Deus, o que fiz? Casei minha filha com um huno... – gemeu Baptista, mortificado com o estado de Catarina, que claudicava pelas ruas arrastada por Petrucchio, que não largava sua mão e afastava com temíveis empurrões e pontapé qualquer um que se aproximasse.

A confusão parecia não ter fim e apenas aumentou quando um numeroso bando de músicos e saltimbancos apareceu e, misturando-se à turba embriagada e das mais agitadas – as primeiras brigas explodiam de todas as direções, e o vinho derramava-se generosamente de milhares de garrafas, que, como por encanto, apareciam não se sabe de onde –, sucediam-se em músicas das mais licenciosas, louvando os atributos físicos do noivo e desejando à noiva uma noite de interminável satisfação.

– Amigos, eu agradeço por terem vindo até aqui. Espero que me honrem participando do grande jantar que preparei para todos, mas infelizmente eu tenho que ir embora – informou Petrucchio quando todos rumavam para dentro da casa de Baptista.

Todos se entreolharam, espantados.

– Mas por que isso, meu marido? – gemeu Catarina, angustiada.

– Tenho negócios a concluir, e a pressa me chama para outros cantos.

Baptista achegou-se ao casal e, virando-se para Petrucchio, implorou:

– Vá à noite, meu genro...

– Impossível! – replicou Petrucchio. Virando-se para os outros convidados, acrescentou: – Mais uma vez agradeço a todos por terem vindo e participado de meu casamento com a mais paciente, carinhosa e virtuosa esposa que poderia ter encontrado neste mundo. Jantem com meu pai, bebam à minha saúde. Tenho realmente que ir embora.

Novos apelos surgiram para que ficasse, todos os olhares denunciando que estavam mais preocupados com o estado de Catarina, que mal se aguentava em pé e gemia de dar pena, muito suja, maltrapilha e cansada.

– Não, de maneira alguma! – respondia ele, imperturbável e firmemente decidido a partir.

Por fim, a própria Catarina agarrou-se a ele e disse:

– Eu lhe suplico também...

Ele sorriu, satisfeito.

– Isso muito me agrada – admitiu.

– Ficar, meu marido?

– Não, minha dedicada esposa, que peça... mas infelizmente não ficaremos! – mais uma vez impacientou-se e, truculento, afastou-a com rispidez, chamando por Grúmio: – Traga os cavalos!

Vendo-o virar-lhe as costas e se afastar, Catarina empertigou-se, os olhos iluminados por uma chispa de irritação.

– Pois bem – disse. – Parta se quiser, mas eu vou ficar.

Petrucchio parou e virou-se para encará-la. Baptista e os outros convidados calaram-se, em um silêncio tenso e dos mais apreensivos.

– Você não vem comigo? – perguntou Petrucchio.

– Não – Catarina ergueu o queixo atrevidamente e acrescentou: – Nem hoje nem amanhã. Irei quando bem entender. Se quiser, senhor, a porta está aberta e você tem caminho livre para ir...

Todos ao redor do casal arrepiaram-se, e um frêmito de pavor percorreu a multidão como uma terrível descarga elétrica no momento em que os lábios de Petrucchio se torceram em um sorriso intimidador.

– Não se enfureça, doce Cata... – pediu ele, dando um passo na direção da esposa.

– Não? Você faz tal descortesia com nossos convidados e... – Catarina virou-se para Baptista e, mais cheia de si, falou: – Tranquilize-se, meu pai. Ele não partirá até que eu mande.

– Xiii, agora que a coisa vai ficar feia... – gemeu Grêmio, empalidecendo, os olhos fitos no casal, que, frente a frente, aparentava estar prestes a se lançar um sobre o outro.

Repentinamente, uma gargalhada. Petrucchio lançou seu corpanzil para trás e inclinou-se em uma selvagem gargalhada, batendo com força nas pernas. Alcançando Catarina com o olhar, disse:

– Vão, amigos. Partam para o banquete como ordena minha esposa. Festejem, divirtam-se, embriaguem-se. Não se imponham limites, pois a comida é farta e não sou homem de mesquinharias quando dou alguma festa. Quanto à minha noiva, no entanto, ela parte comigo... – vendo que Baptista e Grêmio faziam menção de aproximar, apaziguadores, deteve a ambos com um gesto brusco de uma das enormes mãos peludas, rilhando os dentes enquanto continuava: – Não, não, nada peçam! A minha decisão está tomada. Quero ser dono do que me pertence. Ela é meu bem, minha fortuna, minha casa, mesmo quando se dispõe a me desafiar que a toque. Pois que assim seja! – agarrou Catarina e a puxou para si, envolvendo-lhe a cintura com um dos braços e deixando-a sem fôlego e suspensa no ar. – Peço que fiquem ou serei forçado a apresentar-me adequadamente a qualquer um que ousar cruzar o meu caminho – afastando-se, ignorou os protestos de Catarina, que o xingava e esperneava e o esmurrava a torto e a direito, buscando alcançá-lo, com os pés ou com os punhos. – Nada tema, minha meiga e carinhosa esposa. Se preciso for, eu a protegerei do mundo inteiro.

– Maldito! Filho de uma porca! Eu vou matá-lo com minhas próprias mãos! Ponha-me no chão e eu lhe mostro! Monstro! Monstro! Monstro! Verme!

Os xingamentos foram se repetindo noite adentro, diluindo-se na confusão da festa e nas selvagens gargalhadas que de tempos em tempos Petrucchio lançava à tarde ensolarada e a distância a qualquer um que temerariamente ousasse segui-los, ameaça que alarmou a todos.
– Bem, é melhor deixar que partam... – disse Baptista por fim, resignado.

6

LOUCOS!

1

Petrucchio gargalhou estrondosamente, e todos os criados se encolheram, em um misto de pavor e assombro diante de tão repentino arroubo. Não que estivessem desacostumados desde que ele trouxera a esposa para sua casa. Tais rompantes se faziam frequentes e só eram menos turbulentos do que aqueles que vitimavam a infeliz.

Nessas horas, o pequeno Grúmio se voltava para os outros e, depois de repetir o sinal da cruz duas ou três vezes em rapidíssima sequência (como se temesse que ele o visse), balbuciava:

– Pobre senhora! Que estará ele tramando desta vez?

Observavam-no. Logicamente nenhum deles teria coragem suficiente para abordá-lo e buscar uma explicação para aquelas gargalhadas que lhe sacudiam a maciça figura. Pensava em Catarina, não restava a menor dúvida.

Queria apavorá-la ainda mais?

Certamente.

Nem mesmo Grúmio, que no início até se divertia com as diversas estripulias que maquiavelicamente Petrucchio engendrava para vitimá-la, conseguia mais se divertir, mas, ao contrário, sentia muita pena da pobre mulher.

Ela resistia bem. Era tão birrenta, tinhosa e cheia de vontades quanto Petrucchio. Eram rivais em temperamento e de insubmissa determinação. Os dois obviamente se mereciam, inimigos temíveis em uma guerra que, pelo que percebiam, dava toda a impressão de ainda durar por bom tempo. No entanto, a mulher estava em frangalhos. Mal dormia, mal se alimentava e, a cada dia que passava, menos ímpeto demonstrava em se contrapor às vontades do marido.

Loucos!

Eram completamente loucos!

Bem, pelo menos nos primeiros dias...

O próprio Grúmio se divertia quando se recordava das primeiras horas logo depois do casamento em Pádua. A viagem para a casa de Petrucchio.

Desde o início, tudo conspirou contra Catarina. Mal Pádua ficou para trás, uma forte nevasca despejou-se sobre toda a região em um enregelante turbilhão de ventos e flocos de neve. Mal se via um palmo à frente do nariz e, apesar de estarem os dois no mesmo cavalo, a pobre mulher tremia (suspeitava Grúmio de que era mais de medo do que de frio). Petrucchio assobiava e dizia gracejos sem sentido, isso quando não fazia os mais destrambelhados comentários acerca da noite que tardava a chegar e como o sol forte incomodava tanto ele quanto sua montaria.

– Não concorda, querida Cata? – perguntava de tempos em tempos.

Naturalmente irritada, Catarina nada dizia, ou melhor, xingava-o, os piores impropérios já ouvidos por um homem, mas que, em vez de encolerizá-lo, levava-o a gargalhar e repetir:

– Tem razão, minha senhora! Este sol está realmente infernal!

De vez em quando, cravava as esporas no pobre cavalo e o instigava a uma desabalada carreira nevasca adentro, uma temeridade. Aliás, como bem se lembrava Grúmio, foi exatamente em um daqueles tresloucados galopes, descendo uma ladeira enlameada e das mais escorregadias, que o cavalo caiu e lançou ambos de encontro a um lamaçal.

Petrucchio se desvencilhou agilmente, mas Catarina ficou presa debaixo do cavalo, que escoiceava e se debatia desesperadamente, querendo pôr-se de pé. Grúmio quis ajudá-la, mas Petrucchio não o deixou e o empurrou para longe, para que não o fizesse. Para assombro do criado, ficou ainda por uns instantes de pé, vendo a mulher debater-se no atoleiro e xingá-lo com muita raiva. Lembrava-se de que ela só parou e se dispôs a se levantar quando Petrucchio bateu nele por insistir em ajudá-la.

— Por Deus, marido, largue-o! — implorava, dependurando-se no braço dele e impedindo-o de continuar golpeando Grúmio. — Vai acabar matando o pobre coitado!

Os cavalos fugiram. A fúria redemoinhante dos ventos e da neve aumentou ainda mais. Catarina implorou como nunca implorara antes em sua vida e, por fim, Petrucchio largou Grúmio.

— Vá na frente e garanta que tudo e todos estejam preparados para a nossa chegada, seu pedaço de asno! — rugiu, despachando-o com um pontapé.

Grúmio voltaria a vê-los muitas horas mais tarde, quando chegaram, e Petrucchio se mostrou ainda mais assustador. Urrava, xingava e distribuía empurrões, pontapés e murros contra qualquer um que o contrariasse ou de alguma forma o aborrecesse.

— Santíssima Trindade, ele ainda é mais feroz do que ela! — admitiu um dos criados alcançados por um de seus violentos socos.

Verdadeiras ou deliberadas implicâncias, parte de algum plano ardiloso para manter a esposa em permanente sobressalto ou simplesmente incapaz de reagir a tão descomunal brutalidade, fato era que uma verborrágica tempestade de palavrões e recriminações intermináveis se despejou sem dó nem piedade sobre todos os infelizes que cruzassem seu caminho.

— Cuidado! — alertou Grúmio, esquivando-se da bota que ele arremessou em sua direção. — Ele está com o próprio diabo no corpo!

Verdadeiramente inesquecível por se fazer igualmente infernal, aquela primeira noite em que se deitariam como marido e mulher foi como um pequeno e barulhento inferno, com Petrucchio perseguindo os criados como um desvairado, berrando as piores ameaças e desdobrando-se nas piores maldades.

– Ande, cambada de incompetentes! – berrou, sentando-se à mesa. – Tragam logo a ceia. Não veem que estamos famintos?

Como Catarina permanecesse em pé, ainda dentro dos restos esfarrapados de seu vestido de noiva, coberta de lama dos pés à cabeça, os olhos enormes e assustados, Petrucchio puxou uma cadeira a seu lado e pediu:

– Senta, Cata! Com todos os diabos, seja bem-vinda!

Em seguida, agarrou um dos criados pelo cangote e grunhiu:

– Vamos, seu inútil, tire logo as minhas botas!

Mal se aproximou e Petrucchio o alcançou com um soco que o lançou longe, a velha bota ainda nas mãos.

– Maldito traste! Quase me arranca o pé!

Tirou ele mesmo a segunda bota e a jogou no criado, atingindo-o na cabeça.

– Tirem logo isso daqui! – rugiu, apontando para o homem que jazia no meio da sala, desacordado. Olhou para Catarina e berrou: – Tragam água imediatamente!

Ensandecido, completamente fora de si, as ordens lhe saíam da boca a uma velocidade desnorteante, levando os criados a correr de um lado para o outro feito loucos, atendendo-o e ao mesmo tempo se esquivando ou meramente se protegendo da ferocidade de seus golpes.

Perguntou sobre seu perdigueiro favorito. Insistiu que chamassem um primo de nome Ferdinando e, virando-se para Catarina, assegurou-lhe que ela iria gostar imensamente dele. Clamou por seus chinelos e, por fim, quando os criados se aproximaram com uma bacia com água, derrubou-a com uma mão enquanto com a outra já esmurrava os infelizes.

– Incompetentes! – gritou, chutando outro criado. – Eu estou cercado de incompetentes!

A água caiu sobre Catarina, que se encolheu, assustada, e pediu:

– Paciência, meu senhor. Nota-se que foi sem querer...

– Sem querer! Sem querer! Bando de negligentes! – outro criado se aproximou carregando uma bandeja sobre a qual havia uma fumegante paleta de carneiro. – Sente-se, Cata! A comida chegou... – calou-se e, cravando os olhos no criado, rosnou: – Está todo queimado, seu maldito incompetente! Queimado, queimado, queimado! – levantou-se em um repente, empurrando a bandeja de volta às mãos do criado. – Cadê o cozinheiro? Como ele teve a coragem de me servir algo assim? – tomou uma colher que Catarina acabara de apanhar e continuou: – Vamos, tirem tudo isso daqui! Tirem! Tirem! Levem essas colheres, os garfos, os pratos, mas principalmente esse maldito carneiro queimado! Como esperam que comamos isso?

Em vão, Catarina protestou:

– Por favor, marido, acalme-se! A carne estava boa, eu vi.

– Pois eu digo que a carne estava queimada e bem ressequida, e meus médicos me proibiram expressamente de consumir carne assim, assegurando que transmite cólera e contribui em muito para aumentar a ira. Não, não. Pode levar. Hoje o mais prudente será jejuarmos. Jejuaremos juntos e tu verá que amanhã tudo estará remediado e assim se alimentará condignamente.

– Eu estou com fome, marido...

– Então somos dois, minha esposa. Todavia, arriscaríamos muito nossas vidas consumindo aquela carne. Pense bem: já somos naturalmente demasiado coléricos. Então por que alimentarmos o que já é excesso e preocupante dentro de nós comendo carne mal assada? Não tem sentido, não é mesmo?

Todos ainda se lembravam de que Petrucchio praticamente arrastou a esposa para a câmara matrimonial naquela primeira noite de núpcias. Como esquecer? Longe de gozarem da intimidade esperada de um casal de recém-casados, Petrucchio avançara nas horas mais silenciosas em um interminável sermão sobre abstinência, aqui e ali interrompido por terríveis pragas e injúrias gritadas aos quatro ventos e com tamanho ímpeto que, se não viram, certamente imaginaram que a pobre Catarina se refugiou em um mutismo angustiante que em momento algum lhe propiciou algo além de uns poucos minutos de descanso ou sono. Sempre que parecia que ele sucumbiria ao próprio esforço tão hercúleo de purificação do corpo e da alma ou, em hipótese cada vez mais remota, exigiria desempenhar seu legítimo papel de marido e provedor, Petrucchio despertava e, com redobrado fervor, propugnava pela frugalidade e observância de hábitos alimentares saudáveis ou qualquer coisa que o valha, pois nem Catarina nem Grúmio e os outros criados se lembravam da maior parte do que ele gritou até o alvorecer de um novo dia.

Por causa de tão traumatizante momento, sempre que o surpreendiam gargalhando selvagemente como naquele instante, Grúmio e os outros sabiam que ele se dedicava a maquinar algo para infernizar, ou como ele mesmo dizia:

– Assim dobrarei seu gênio áspero e raivoso. Duvido que alguém conheça método mais eficaz de domar uma megera.

7
DÚVIDAS E PENÚRIA

1

Entre infernos possíveis, críveis ou meramente imagináveis, todos tendo como personagens de destaque o casal de loucos representado por Catarina e Petrucchio, a vida seguia para todos aqueles que frequentavam os salões, as escadarias e os corredores da casa de Baptista Minola. Despojada da selvagem personalidade da primogênita do velho mercador, agora pretendentes insidiosos e por demais renitentes gravitavam persistentemente em torno da bela e cada vez mais reticente Bianca. Mesmo que pouco harmoniosos e organizados como qualquer satélite, obedecendo a órbitas reconhecidas e imutáveis, giravam, giravam e giravam, mais e mais submissos a seus caprichos e interesses, sendo o mais consistente deles aquele que exatamente lhes despojava de certezas, mas antes comprazia-se em instalar e manter dúvidas e incertezas em suas almas cada vez mais miseráveis e, portanto, permanentemente ocupadas em digladiar-se até por migalhas de afeição. Como se torna óbvio supor, em muito pouco tempo, diante de tal mudança de ânimo, a precariedade da confiança de cada pretendente até em si mesmo instalou-se por definitivo e causou certa apreensão em todos, a dor e a decepção por fim unindo-os em questionamento comum.

Por isso, naquela manhã, mais uma vez entrando na casa de Baptista, Trânio virou-se para Hortênsio e, sem maiores rodeios, perguntou:

– Será possível, meu amigo Lício, que Bianca ame outro que não Lucêncio? Eu garanto que ela tem me tratado às maravilhas...

– Se não crê em mim, meu amigo, basta observar a maneira dele de lecionar – disse Hortênsio.

Trânio espantou-se:

– Lucêncio já chegou?

– E por acaso saiu? Ele não sai mais daí!

– E Baptista permite?

– Que pode o velho mercador diante das vontades das filhas? Foi-se uma megera e instala-se uma nova rainha.

– Não posso crer.

– Pois verá com os próprios olhos.

Entraram e, mal o criado fechou a porta atrás de ambos, Hortênsio cruzou o indicador sobre os lábios e sinalizou para que Trânio se calasse e o seguisse. Em poucos passos, alcançaram um dos salões menores, e mais uma vez Hortênsio deteve Trânio com o braço, apontando para um dos extremos mais ensolarados onde, em meio a uma alegre confusão de almofadas ricamente ornamentadas, Lucêncio e Bianca conversavam.

– E o senhor, mestre? – interessou-se a bela Minola, apontando para o livro que Lucêncio tinha aberto em suas mãos. – O que lês?

Ele sorriu e respondeu:

– Nada além do que ensino, minha senhora...

– E o que vem a ser isso, posso saber?

– A arte de amar, o que mais? Acaso não percebe em meu olhar?

Bianca embarafustou-se no mais frágil e fingido dos rubores e, dirigindo-lhe um prometedor olhar, ciciou:

– Ah, e sou prova e testemunha de que nisso você é verdadeiramente um mestre...

– Oh, minha doce amada, asseguro-lhe que, nesse tipo de lição, o mestre não sou eu, mas o coração...

Hortênsio irritou-se e puxou Trânio pelo braço, os dois recuando na direção da entrada do grande casarão.

– Estou chocado! – protestou Trânio, esforçando-se para ser convincente em sua indignação. – Como pode? Como pode?

– Diga-me então, meu bom amigo; vais continuar insistindo que tua queridinha não ama a mais ninguém além de você? – rosnou Hortênsio, raiva e sarcasmo misturando-se a palavras sussurradas entre os dentes.

– Eu devia partir a cara daquele canalha!

– Faz o que achar melhor. Eu, de minha parte, cansei-me de mentiras! Não vou me enganar nem a outros...

– Como assim? – indagou Trânio.

Parando junto à porta, Hortênsio desabafou:

– Para início de conversa, eu não sou Lício e muito menos músico.

– Não? Quem é você então?

– Sou apenas um tolo apaixonado que se lançou até mesmo ao ridículo pelo amor de uma mulher e, no fim, descubro que, se ela não me despreza, nenhum bom sentimento alimenta por mim, pois podes ver com teus próprios olhos como age às nossas costas.

– Senhor...

– Hortênsio.

– Não se mortifique, meu caro senhor. Partilho de igual decepção e farei de tua decisão também a minha. Adeus, Bianca!

– Viu como se beijam e se acariciam?

– Tivesse mais coragem ou se meu desespero estivesse próximo da loucura, teria arrancado meus olhos para não ver!

– Não, não se desespere, eu lhe peço. Assim são os nossos dias nesta vida...

– Biltres!

– Aquiete seu coração, bom Lucêncio. Faça como eu...

– De que está falando, caro amigo?

– Caso-me dentro de três dias com uma viúva!

– E desistirá de Bianca?

– Não se perde o que nunca se teve, não é o que dizem?
– Verdade.
– Pelo menos agora tenho a certeza de que me caso com alguém que me ama tanto quanto eu amei aquela viborazinha fingida e de mau coração. Segue meu conselho, caro Lucêncio: preze a bondade das mulheres, e nunca a bela aparência.
– Vou me lembrar disso, senhor Hortênsio.
– Adeus...

Mal a porta se fechou e Trânio se voltou para o corredor, encontrou o casal de apaixonados se aproximando sorridente.

– Senhorita Bianca, saiba desde já que nem eu nem meu amigo Hortênsio queremos mais de ti do que prudente distância – disse, virando-se para Bianca. – Renunciamos a seu amor!

– Jura? – indagou ela, exultante.

– Certamente. Estamos irredutíveis!

Gargalharam barulhentamente, pulando e se abraçando com grande entusiasmo.

– Estou livre de Lício – repetiu Bianca.

– Ah, mas não te preocupe – disse Trânio, tranquilizando-a. – O pobre homem já está se consolando em um casamento com uma viúva generosa, e, se bem o conheço, pródiga em abandonar sua apreciável fortuna em suas mãos.

– Que seja muito feliz – augurou Lucêncio.

Os três se calaram espantados ao ver a porta se abrir, mas tranquilizaram-se em seguida, quando Biondello esgueirou-se para dentro, ofegante, um largo sorriso enchendo de satisfação um rosto muito suado.

– Consegui, patrão! – informou, exultante. – Creio ter encontrado o anjo velho que vai resolver todos os teus problemas. O senhor já tem aquele que servirá à perfeição para desempenhar o papel de seu pai!

Lucêncio, mal refeito da surpresa, virou-se para Trânio e perguntou:

– E agora?

2

Penúria.

Nenhuma palavra traduziria à perfeição a situação em que se encontrava Catarina depois de poucas semanas de seu casamento. A antiga arrogância e altivez, por mais que se esforçasse, esvaíra-se feito fumaça ainda na primeira semana, depois de ser sucessivamente deixada sem comer, sem dormir e, principalmente, sem trocar as roupas, até que seu fedor passou a afugentar o próprio Petrucchio.

Simplesmente um inferno. Petrucchio a instalou em um inferno, algo feito especialmente para ela.

A pretexto de uma desusada, porém absolutamente falsa preocupação com o seu bem-estar, fazia-se rigoroso com o que ela ingeria ou, como acontecia muitas vezes, com o que ela conseguia surrupiar à mesa e de sua vigilância canina. Via de regra e por qualquer motivo ou sem nenhum, o que era mais frequente, tirava da mesa almoços e jantares inteiros e invadia seu quarto para recuperar o que ela conseguira tirar deste ou daquele prato.

E o sono?

Melhor dizendo, e a falta dele?

À noite, aquele inferno não conseguia ser menor, pois, por razões que muito provavelmente apenas o Diabo conheceria, ele se punha a realizar toda sorte de rituais religiosos ou a perorar sobre intermináveis encontros filosóficos que mantinha com inteligências cujos nomes Catarina nunca antes havia escutado. Feito uma ladra, se tinha sorte, surrupiava umas poucas horas de sono a tão devotado orador e, mesmo assim, sorte efêmera, quando ele também sucumbia ao peso de sua própria atribuição e preocupação com a pureza da alma da mulher.

Petrucchio estava com o demônio no corpo, comentavam até mesmo os criados, a começar pelo pequeno Grúmio, a principal vítima dos destemperos do patrão depois de Catarina. Todos viviam em constante sobressalto. Gritos e palavrões estrondeavam pelos quatro cantos da casa. Móveis e toda sorte de objetos eram arremessados em todas as direções e em rompantes de fúria que punham em polvorosa até mesmo os poucos que ainda se atreviam a visitar o casal.

– O patrão vai viver muito tempo – assegurou Curtis, outro dos empregados, depois que Petrucchio o alcançou com um jarro d'água. – Quer saber por quê? O Diabo não quer concorrência no inferno!

Fosse ciúme ou simples perversidade, nenhum deles tinha autorização ou podia aproximar-se de Catarina. Quisesse alguma coisa e ela teria de deixar um bilhete junto à porta do quarto ou sobre a mesa da grande sala da casa. Qualquer um que ousasse violar tal regra, a começar por Catarina, incorria no gravíssimo risco de sofrer temível sanção. Não, em momento algum era a mesma violência distribuída em murros, empurrões e pontapés entre os empregados, mas Catarina podia contar com pelo menos um dia trancada em seus aposentos ou semanas inteiras sem trocar as roupas ou tomar um banho.

Mesmo nas duas primeiras semanas depois do casamento, ele só lhe permitiu trocar de roupas porque o vestido de noiva se resumia a frangalhos enlameados que possibilitavam aos criados ver partes do corpo dela, o que, inclusive, rendeu a Grúmio, Curtis e dois outros pelo menos um olho roxo.

Era natural, portanto, o medo que todos sentiam mais de qualquer proximidade de Catarina do que dela propriamente. Naquela manhã, ela teve de praticamente agarrar Grúmio e arrastá-lo para dentro do quarto quando ele passou pelo corredor.

O pobre coitado estava branco de medo e arquejava como se de um momento para o outro todo o ar lhe tivesse sido retirado dos pulmões. Incapaz de falar, sacudia a cabeça de um lado para o outro e o fez ainda mais enfaticamente assim que Catarina pediu:

– Por favor, traga-me alguma coisa para comer. Qualquer coisa!

– Não... não...

– Por caridade...

– ... não me atrevo!

Grúmio desvencilhou-se de suas mãos e rumou para a porta entreaberta. Catarina colocou-se em seu caminho e a fechou com o próprio corpo, os olhos estatelados, a vasta cabeleira vermelha desgrenhada e fedendo como ela própria.

– Não sei por que propósitos infernais esse homem se casou comigo! – desabafou. – Às vezes penso que casou comigo apenas para me matar de fome. Em outras ocasiões, acredito que é missão dele enlouquecer-me com uma falação dos diabos e sempre à noite. Uma loucura! Imagine, eu que nunca implorei por nada e que costumeiramente alimentava ou ajudava a quem quer que batesse à porta de meu pai pedindo comida, estou aqui, obrigando-me a pedir a um criado que me traga alguma coisa para comer. O que ele está pensando?

– Não faço ideia, senhora, e, na verdade, eu só queria ir embora. Temo até pela minha vida se o patrão me pegar dentro de seu quarto!

– Um louco! Um brutamontes desvairado! Um presunçoso que acredita poder dobrar-me dessa maneira. Acaso não sabe que quanto pior me trata, mais irritada eu fico?

– Senhora...

– Mal me aguento de sono. Estou tonta de sono. Aquela gritaria ainda está nos meus ouvidos.

– Se me deixar sair, posso ver o que posso fazer...

Catarina encarou Grúmio, confusa.

– Como disse?

– Quis dizer a respeito da comida – explicou-se o criado, tremendo dos pés à cabeça.

– Ah...

– Que tal um pernil?

– Excelente!

– Xii, esqueci-me...

– De quê?

– Receio que transmita cólera.

– Petrucchio disse isso?

– É... na verdade, a todos nós. Mas umas tripas...

– Traz, traz...

– Ah, infelizmente...

– Também transmite cólera, eu sei... Acaso uma fatia de carne com mostarda... – ao ver Grúmio sacudir a cabeça negativamente, Catarina, desanimada, observou: – Cólera também...

– A mostarda é quente demais, senhora.

– Pois traga apenas a carne!

– Ah, isso eu não posso fazer. Para comer a carne, só com a mostarda.

– Então traga os dois e eu aqui resolvo o que vou comer...

– De maneira alguma. Grúmio tem ordem de apenas servir os dois juntos...

Catarina o xingou e, escancarando a porta, urrou:

– Vamos, saias, maldito!

Agarrou-o firmemente pelo cangote e o arremessou para o corredor, acrescentando:

– Que você e todos os outros vermes que servem àquele demônio morram engasgados com toda essa comida que ele se diverte em apenas me alimentar com os nomes!

Grúmio, ainda zonzo e assustado, engatinhou para o fim do corredor e desapareceu em uma curva. Outro palavrão ribombou em seu encalço e Catarina mais uma vez fechava a porta quando Petrucchio apareceu, escorando-a com o corpanzil hirsuto, Hortênsio de pé ao seu lado carregando uma bandeja onde jazia um suculento pedaço de carne assada.

– O que houve, Cata querida? – perguntou, aparentando preocupação. – Está tão abatida...

Escancarou inteiramente a porta e entrou, gesticulando para que Hortênsio o acompanhasse.

– Como está, minha senhora? – perguntou ele.

Catarina lançou-lhe um olhar hostil e replicou:

– O que parece?

Petrucchio colocou-se entre ambos, a boca arreganhada em um largo sorriso de inesperada alegria.

– Não está alegre em me ver? – perguntou.

– Pareço alegre? – insistiu ela, contrariada.

– Deveria – Petrucchio apontou para a bandeja que Hortênsio carregava e indagou: – Vê? Eu mesmo preparei a carne e fiz questão de trazer pessoalmente para você – tornou a encará-la e cerrou o cenho, o sorriso morrendo nos lábios. – Como? Não te agradas? Certamente não gostas deste prato, não é? Queira me perdoar, eu não sabia – virou-se para Hortênsio e pediu: – Podes levar de volta para a cozinha, meu amigo.

Catarina agarrou-se a ele e, desesperada, suplicou:

– Eu peço que o deixe, meu senhor.

O sorriso voltou aos lábios de Petrucchio.

– Mesmo o mais humilde trabalho não pode prescindir de um agradecimento. Estou esperando pelo meu obrigado antes que você toque na carne.

– Muito obrigada, senhor – Catarina nem sequer hesitou.

Hortênsio empurrou Petrucchio e, achegando-se a Catarina, rugiu:

– Mas que vergonha, senhor! Como pode fazer tal coisa? Venha, senhora! Deixe-me fazer-lhe companhia e...

Petrucchio o agarrou pelo braço e o puxou para si, até o rosto de um tocar o do outro.

– Se tem alguma estima por mim, meu bom amigo, devore toda a carne... – sussurrou, antes de altear a voz mais uma vez e gritar: – Não te intrometas, poltrão!

Hortênsio recuou e, depois de uns segundos de hesitação, pôs-se a tirar nacos do pedaço de carne com a própria mão e devorá-los com desajeitada avidez. Catarina ainda quis alcançá-lo, mas Petrucchio fez-se obstáculo instransponível ao mesmo tempo em que um velho extremamente magro e sobraçando vários pacotes e bolsas adentrou o quarto.

– Perdoe-me, querida, mas o glutão comeu toda a carne – disse ele, enquanto Hortênsio se afastava com a bandeja vazia nas mãos e ele a puxava para próximo do recém-chegado, informando: – Mas não se preocupe. Haveremos de encontrar na cozinha algo para você comer. O que você deseja?

– E o que quer que eu deseje, meu marido?

– Ora, muito em breve voltaremos à casa de seu pai para que volte a se alegrar e para que ele possa ver como a trato com benignidade e carinho. Por isso trouxe o alfaiate para cobrir seu corpo com o bom e o melhor que possamos conseguir neste mundo de futilidades.

– Eu... – Catarina estava zonza e inacreditavelmente cansada e não tirava os olhos da bandeja vazia que Hortênsio ainda conservava persistentemente nas mãos. Queria desmaiar, enfraquecida, mas rilhou os dentes e prometeu a si mesma que desmaiaria mais tarde e de maneira alguma na frente do detestável do marido.

Petrucchio percebeu, talvez pela maneira como ela o olhava, mas certamente por aquela centelha assustadora de ódio que dardejava de seus olhos. Fingiu ignorar e, virando-se para o alfaiate, perguntou:

– O que traz aí, meu bom homem?

O homem achegou-se com um chapéu, o qual Petrucchio arrancou de suas mãos com brusquidão.

– O que é isso? – perguntou, examinando-o com impaciência.

– Um chapéu, meu senhor...

– Chapéu? – Petrucchio o arremessou longe, rugindo: – Com os diabos, mais parece uma frigideira! Não presta! Quero um maior!

Catarina apanhou o chapéu e, encarando Petrucchio, disse:

– Eu não quero um maior, quero este. As mulheres de gosto delicado usam este tipo...

– Perfeito! Pois você ganhará um igualzinho quando for delicada!

– Bom, meu senhor, serei eu a vesti-lo e, portanto, tenho todo o direito de falar e vou falar.

– Pois fale, mulher!

– Não sou criança e não gosto de ser tratada como tal. Além disso, gente muito melhor do que o senhor já me ouviu quando digo o que penso. Falarei com sinceridade o que vai em meu peito antes que ele exploda.

– Claro, concordo plenamente. É um chapéu extremamente feio, mais parece uma forma de bolo, e meu amor cresce sempre que você fala assim comigo e, de maneira tão desabrida, dá uma opinião que eu não pedi.

– Ame ou não, eu ficarei com este chapéu ou não ficarei com nenhum!

O sorriso alargou-se preocupantemente na expressão vulpina do rosto de Petrucchio, lobo esfomeado e temível diante de presa frágil e indefesa, mas com tolas pretensões de escapar a seu destino, conforme pensou Hortênsio, refugiado prudentemente em um dos cantos do quarto.

– Ah, sobre o seu vestido... – disse Petrucchio. – Aproxime-se, alfaiate, e mostre-nos o que você trouxe – praticamente arrancou o vestido das mãos do alfaiate e pôs-se a examiná-lo. – Mas o que é isso? Veja essa manga! Mais parece a boca de um canhão! Essa coisa horrenda, este bordado que mais parece enfeite de bolo de noivado, esse pano todo furadinho. Tu tens o desplante de chamar isto de vestido?

– Foram as ordens que recebi para...

– Pois então você não compreendeu as ordens que recebeu. Tome! Volte para o buraco de onde saiu e não me apareça mais aqui. Não quero nada dessa porcaria!

Catarina alcançou o alfaiate junto à porta e, examinando o vestido que ele carregava, voltou-se para Petrucchio e disse:

– Nunca vi vestido mais bonito...

– Pois eu o acho horroroso de malfeito! – replicou Petrucchio.

– Ao vê-lo e sabendo que as ordens partiram de você, chego a pensar que quer me transformar em uma boneca.

– Isso! Esse traste quis transformar você em uma boneca, minha querida.

O alfaiate, olhando para um e para outro, antevendo a possibilidade de escapar a um inevitável e grandioso prejuízo, sorriu para Catarina e disse:

– Ela diz que o senhor quer transformá-la em uma boneca...

Petrucchio o empurrou, enfurecido, e rosnou:

– Pulga insignificante, piolho dos infernos, como ousa mentir assim, na minha cara? Digo e repito que foi você que estragou a roupa que eu tão zelosamente encomendei para minha devotada esposa.

– Não, não! Engana-se, meu piedoso senhor. O traje foi feito exatamente seguindo as orientações que o senhor me enviou – o alfaiate apontou para Grúmio, que entrava, e disse: – Grúmio foi quem encomendou e disse como eu deveria fazê-lo.

– Eu apenas entreguei o pano – defendeu-se o criado.

– Mas não disse como deveria fazê-lo?

– Certamente...

– Viu?

– Com agulha e linha!
– Diabos o carreguem! Não mandou cortá-lo?
– Eu?
– Eu posso provar. Tenho aqui comigo a nota da encomenda.

O olhar feroz de Petrucchio pousou sobre a figura miúda e acovardada de Grúmio antes de pedir ao alfaiate que lesse o pequeno pedaço de papel, que este desdobrou apressadamente.

– Tudo bem, tudo bem – disse Petrucchio com impaciência logo que se encerrou a breve leitura – provou seu ponto de vista. De qualquer maneira, o vestido não me serve.

Grúmio aproximou-se e sugeriu:

– Mas, patrão, já que o temos, por que não o experimenta na senhora?

Petrucchio o ignorou e, virando-se para o alfaiate, insistiu:

– Leve o vestido e diga a teu patrão que o use como bem entender, pois eu continuo não o querendo. Agora, fora! Fora todos vocês!

Empurrou todos e os lançou para o corredor com impaciência. Segurando Hortênsio pelo braço, sussurrou-lhe:

– Por favor, meu amigo, providencie para que o alfaiate seja pago.

Em seguida, alteou a voz e trovejou:

– Saiam! Saiam, bando de imprestáveis!

Voltou-se para Catarina e sorriu.

– Bem, já é hora de partir, Cata querida – disse. – Infelizmente iremos visitar tua família modestamente vestidos. Nossos trajes são modestos, mas de gente honrada e com as bolsas cheias. Não se envergonhe de aparecer em tais trajes na frente de meu sogro ou de sua adorável irmã, mas, se porventura assim o fizer, não se abale. Ponha a culpa em mim. Faça isso. Mas se apresse. Vou chamar os criados e pedirei que levem os cavalos ao fim da estrada principal. Até lá acho por bem irmos a pé. São mais ou menos sete horas. Tenho absoluta certeza de que chegaremos tranquilamente na hora do jantar.

– Ouso contrariá-lo mais uma vez, meu marido – replicou Catarina, trêmula e enfraquecida, prestes a desmaiar.

– Como disse?

– A hora...

– O que tem ela?

– São quase duas horas.

– É o que você diz.

– É fato.

– E isso quer dizer o quê?

– Se sairmos agora, lamento informar, que quando chegarmos lá nem mesmo a ceia pegaremos.

– Mas eu estou dizendo que, antes que eu monte no cavalo, serão sete horas. A senhora já percebeu uma coisa...

– O que, meu senhor?

– Esse hábito irritante.

– Que hábito?

– Em tudo que falo, faço ou ao menos penso em fazer, a senhora sempre encontra um jeito de pôr defeito ou francamente me contrariar.

– Não é a minha intenção...

– Não se preocupe. Eu decidi que não vamos mais hoje. De qualquer forma, no momento em que partirmos, será a hora que eu disser que for.

E, assim dizendo, fechou a porta. Somente depois disso, Catarina deixou-se cair pesadamente na cama. Ainda faminta.

3

Era um homem velho e alto; os cabelos, que rareavam no alto da cabeça, faziam-se abundantes na longa barba, igualmente branca. Vestia-se modestamente, mas seus modos elegantes e o andar empertigado certamente enganariam olhos desatentos ou aqueles que se deixassem envolver pelas mentiras que Lucêncio e Trânio contariam sobre ele, apresentando-o como seu pai Vicêncio.

– É mesmo verdade o que estão me contando? – perguntou o velho, ainda desconfiado, olhando para Biondello e para os outros dois espalhados ao redor da mesa.

A taberna estava cheia e barulhenta. Lucêncio e os companheiros entreolharam-se e olharam ao redor, certamente receosos de que algum dos ocupantes das mesas vizinhas partilhasse de sua conversa.

– Professor... – começou Lucêncio. – É professor, não é mesmo?

O velho apontou para Biondello e respondeu:

– Foi o que disse a teu amigo aqui. Venho de Mântua. Não ficarei mais de duas semanas em Pádua antes de prosseguir viagem para Roma e, de lá, para Trípoli.

– O senhor disse que era de Mântua?

– Sim, qual o problema?

– Nenhum. Em outras circunstâncias ou em outra cidade, nenhuma.
– O que quer me dizer, rapaz?
Lucêncio apontou para Biondello e respondeu:
– Estamos preocupados com o senhor.
– Por quê?
– Logo que Biondello me disse de onde o senhor era, eu e meu criado Trânio ficamos bem apreensivos.
– Não vejo razão para tanto.
– Mas nós vemos – atalhou Trânio, com expressão grave e preocupada.
– Do que se trata?
– O senhor está arriscando a vida vindo aqui neste momento.
– Como assim?
– Não sabe?
– O quê?
Biondello interveio:
– O professor está viajando há algum tempo e talvez não tenha tomado conhecimento...
Os olhos do velho foram várias vezes de um rosto para o outro, antes que ele perguntasse:
– Conhecimento de quê?
– Os duques de Mântua e Veneza andaram brigando, ninguém sabe explicar exatamente por quê, mas de qualquer forma o duque de Veneza apreendeu todos os navios de Mântua e fez publicar e proclamar em todo território do Vêneto que qualquer cidadão de Mântua aqui encontrado deve ser capturado e morto.
– Que absurdo!
– Espiões, meu bom amigo, espiões – acrescentou Trânio, insidioso. – Antes dos soldados, todo inimigo infesta o território de seu oponente com espiões, e no momento as tropas do doge de Veneza estão considerando qualquer cidadão de Mântua um espião em potencial e o executando sumariamente.

O velho empalideceu, assustado.

– Meu Deus... – balbuciou. – A coisa só piora para o meu lado, pois trago letras de câmbio de Florença que deveria descontar exatamente nesta cidade.

– Disso eu me encarrego, não te preocupes – tranquilizou-o Trânio. – Diga-me apenas uma coisa...

– O quê?

– O senhor já esteve em Pisa alguma vez?

– Em várias ocasiões.

– Em alguma delas, conheceu um tal Vicêncio?

– Não o conheci, mas dele certamente ouvi falar, pois se trata de um mercador de invejável fortuna, não?

– Pois é meu pai e acredite se digo que, de rosto, o senhor e ele são bem parecidos. Por causa disso e para ajudá-lo a salvar a vida, estou disposto a lhe emprestar tanto o nome quanto o crédito de meu pai e será bem recebido em minha casa. Assim poderá realizar seus negócios na cidade com absoluta tranquilidade. Eu me sentiria bem mais aliviado se o senhor aceitasse a minha cortesia.

– Claro que aceito, meu rapaz, e desde já me sinto teu eterno amigo e devedor.

– Ah, não se preocupe. Eu só queria avisar-te de algo...

– O quê?

– Meu pai é esperado na cidade para os próximos dias, a fim de garantir o dote de meu casamento com a filha de certo Baptista Minola. Mas não se preocupe, que isso eu lhe explico mais tarde. Agora é melhor tratarmos de sair logo daqui e vesti-lo como convém a alguém como meu pai.

Gargalharam, Lucêncio e os criados divertindo-se imensamente com a própria astúcia.

8

CAMINHOS E DESCAMINHOS DO CORAÇÃO

1

    Aquele que passaram a chamar de Professor e vestiram com tanto esmero que, se em Pádua estivesse, Vicêncio, o pai de Lucêncio, certamente teria dúvida acerca de sua identidade, tal a semelhança entre ambos, preocupou a tranquilidade de Trânio quando eles pararam na porta da casa de Baptista Minola.

    – Nervoso? – Trânio percebeu e sorriu, como que procurando acalmá-lo.

    – E você não estaria? – redarguiu o Professor, respiração acelerada, uma fina película de suor cobrindo-lhe o rosto cavado em profundas rugas de apreensão.

    – Há tempos deixei de me preocupar. Esqueceu? A minha posição ainda é mais delicada do que a sua, já que, além de falsificado, agora eu também sou falsificador.

    – E se Baptista me reconhecer?

    – Como poderia?

    – Eu lhe disse que moramos juntos na Hospedaria Pégaso, em Gênova, há mais ou menos vinte anos...

    – Acha mesmo que ele se lembraria de algo assim?

    – Não sei. Eu confesso que estou muito preocupado...

– Pois esqueça e concentre-se apenas em aparentar a austeridade que se espera de alguém com tanto dinheiro quanto o velho Vicêncio.

– Eu... – o Professor calou-se abruptamente ao ver Biondello aproximar-se. – Cuidado! Seu pajem está vindo aí!

Trânio sorriu para um e outro e, mais uma vez voltando-se para Biondello, perguntou:

– E então, garoto? O que acha? Não parece o velho Vicêncio?

Biondello sorriu zombeteiramente e respondeu:

– Cara de um, focinho do outro, sem dúvida.

– E Baptista? Sabe que estamos vindo?

– Claro. Eu lhe dei o recado não faz uma hora. O avarento mal cabe em si de tanta ansiedade.

Bateram.

Não se passaram mais do que uns poucos segundos antes que a porta se abrisse para um jovial e excepcionalmente entusiasmado Baptista Minola aparecer na frente dos três.

– Que felicidade revê-lo, senhor Baptista – disse Trânio, mostrando-se ainda mais entusiasmado. Virando-se para o Professor, continuou: – Meu pai, este é o pai da bela jovem com a qual quero me casar. Espero que o senhor garanta os meios para isso.

Entraram e, fiel ao compromisso, o assim chamado e reconhecido como Professor entregou-se com afinco à representação do papel que lhe cabia naquela farsa. Corpo hirto e conspícuo tanto no gestual quanto no elaborado palavreado, fez-se o próprio senhor da cautela e da prudência, experimentado negociante, medindo cada frase dita, a distribuição dos parcos sorrisos e ainda mais de assentimentos.

– Calma, filho – disse depois de uns poucos passos dentro da casa de Baptista. O nervosismo e a ansiedade desapareceram com extraordinária rapidez, e em muito pouco tempo ele se fez senhor absoluto da situação. – Tendo eu vindo a Pádua para cobrar algumas dívidas, meu filho, Lucêncio, pôs-me a par de seu interesse em desposar sua filha mais nova. Vendo tratar-se de afeto sincero e amor dos mais profundos, mas preocupado em defender seus próprios interesses, tomei a liberdade de buscar referências a teu respeito e de tua família...

— Espero que tenha recebido as melhores — atalhou Baptista.

— Nem tenha dúvida de que sim, e, por causa disso e levando em conta o grande amor existente entre nossos filhos, eu achei por bem não os fazer esperar por mais tempo e vim dizer que aprovo o matrimônio. Caso o senhor não encontre algo que desabone tal união...

— De maneira alguma, meu amigo, de maneira alguma! — Baptista mostrou-se ansioso e, em seguida, acrescentou: — Desde que seja garantido o adequado dote à minha filha, que o casamento os una e sejam muito felizes. Tem desde já o meu consentimento.

— Sou imensamente grato ao senhor por tua boa vontade e, se me permite a impertinência, gostaria de saber se tem algum lugar de tua preferência onde possamos acertar os últimos detalhes de nosso acordo. Aqui...

— Não, aqui não. Como bem sabe, meu rapaz, as paredes têm ouvidos, e a casa está cheia de criados. Além disso, ainda temos o velho Grêmio...

— Ele ainda os está importunando, senhor Baptista?

— Não nas últimas semanas, mas nunca se sabe, não é mesmo? Eu preferiria que fosse em outro lugar.

— Que seja então na minha casa. É onde meu pai está. Avise Bianca que mandarei meu pajem chamar o escrivão. Infelizmente não poderei te oferecer comida boa e farta, mas...

— Não se preocupe com isso, meu filho — tranquilizou-o Baptista. — Urge no momento mandar chamar Bianca e pô-la a par das novas circunstâncias de sua existência. — virou-se repentinamente para Biondello, que o ficou olhando, sem entender muito bem a que o mercador se referia, até que ele mesmo esclareceu com brusquidão: — Apresse-se, rapaz! Vá e diga a ela que o pai de Lucêncio está em Pádua e, por causa disso, vamos aproveitar para torná-la esposa de Lucêncio.

Biondello ainda hesitou por um instante e virou-se para Trânio, que, impaciente, o empurrou e disse:

– Vamos, traste! Faça o que meu sogro está mandando!

Biondello afastou-se e em seguida desapareceu casa adentro. Trânio, prosseguindo na farsa, ainda personificando Lucêncio e como tal, noivo satisfeito, com um largo sorriso nos lábios, apontou para a porta e perguntou:

– Podemos ir, senhor Baptista? O banquete não será grande coisa, mas eu lhe asseguro que em Pisa as coisas se farão de maneira completamente distinta e com muito mais fartura.

Baptista devolveu-lhe o sorriso, a satisfação demonstrada completamente genuína, tal e qual um hábil comerciante que acaba de fazer o maior negócio de sua existência.

– Ah, não se ocupe com isso no momento – repetiu. – Temos assunto muito mais importante.

– Certamente – ajuntou o Professor, fiel a seu papel de Vicêncio, ele e Trânio escoltando Baptista para fora da casa.

A porta fechou e abriu-se um segundo depois, para que Biondello entrasse e se acercasse de Lucêncio.

– Câmbio... – disse.

– Ah, esqueça essa bobagem, Biondello! – falou Lucêncio. – Tais subterfúgios já não são mais necessários...

– Ah, então percebeu quando Trânio lhe piscou o olho?

– Sim, mas qual o significado de tudo isso?

– Ora, meu bom senhor, lá se foi Baptista, todo cheio de si e confiante, fechando acordos e esperando ansiosamente por fechar um contrato dos mais vantajosos com um pai falsificado e um filho falsificador que também é falso. A ganância é mesmo má conselheira, não, meu senhor?

– Com certeza, com certeza, mas...

– Crê o infeliz avarento que o senhor conduzirá sua filha para a ceia com ambos...

– E depois...

– Nada sei, a não ser que o velho padre da igreja de São Lucas estará noite e dia a teu dispor. Eu, se fosse o senhor, aproveitaria a oportunidade. Enquanto eles estão entretidos com a redação de um contrato falso, case-se com a mulher que ama!

2

 Sinuosa e tranquila, a estrada vazia descia preguiçosamente para Pádua quando Catarina e Petrucchio a alcançaram na companhia de Hortênsio. O único som ouvido durante toda a longa caminhada foi representado pelo rumor de seus passos e dos pajens e criados e pelo castanholar dos cascos dos cavalos que puxavam pelos arreios.
 – Finalmente, minha querida, voltamos à casa de seu pai! – gritou Petrucchio em um repente, deixando todos sobressaltados, antecipadamente temerosos de serem vitimados por outro de seus rompantes. – Que céu maravilhoso! Veja como brilha essa lua!
 – De que está falando, meu senhor? – espantou-se Catarina. – Que lua?
 – Aquela, de que outra falaria? – Petrucchio apontou para o sol que se levantava detrás da linha verdejante das árvores em um dos lados da estrada e, olhando-a com o canto dos olhos, insistiu: – Não a vê?
 – Aquele é o sol...
 – Como? Absurdo! Brilhando desse jeito só pode ser a lua!
 – Brilhando desse jeito só pode ser o sol.
 – Pois eu juro pelo filho de minha mãe, que no caso vem a ser eu mesmo, que é a lua, ou uma estrela ou o que melhor me convier, bem entendido, se pretende realmente chegar à casa de seu pai...

Olharam-se. Tensão. Hostilidade. Irritação de parte a parte, até que Petrucchio deu um forte puxão nos arreios de sua montaria e trovejou:

– Teimosia! A mesma teimosia de sempre! – soltou uma série tonitruante de palavrões e, virando-se para os criados, ordenou: – Vamos, vamos, recolham novamente os cavalos. Não iremos mais!

Hortênsio apressou-se em se aproximar de Catarina e, em um sussurro, pediu:

– Por Deus, minha senhora, concorde com ele ou nunca chegaremos a Pádua.

Catarina deu uma intensa e prolongada fungada, as narinas dilatadas, os dentes rilhados com impaciência, antes de finalmente aquiescer:

– Por favor, meu marido, continuemos.

Petrucchio repuxou os lábios, obstinado. Por um instante deu a impressão de que não cederia em seus propósitos.

– E o que vê? – perguntou.

– A lua, o sol ou o que mais lhe agradar. Diga que é uma lamparina, e lamparina será sem maiores problemas.

– É a lua.

– Estou vendo que é a lua.

– Não minta, mulher! É o sol!

– Bendito seja! Como fui capaz de não ver? Mas, se você não vir mais o sol e preferir a lua, a lua será o que Catarina verá. A bem da mais pura verdade, o nome que quiser dar a qualquer coisa que esteja vendo, este será o nome pelo qual a tratarei e, inclusive, a enxergarei.

Hortênsio colocou-se entre o casal e, virando-se para Petrucchio, perguntou:

– Podemos ir então, meu bom amigo?

Ele concordou com um aceno da cabeça leonina, os olhos persistentemente fixos em Catarina.

– Vamos embora, Petrucchio! – instou Hortênsio, com impaciência, dirigindo um olhar agradecido para Catarina, antes de voltar a olhar para o amigo e dizer: – Você ganhou essa batalha!

Não foram longe, pois logo depois da primeira curva se depararam com um pequeno grupo de viajantes que se aproximava vindo de uma estrada mais estreita e umbrosa à esquerda.

– Meu nome é Vicêncio – apresentou-se o velho que cavalgava à frente dos recém-chegados, as roupas suntuosas identificando-o como um aristocrata ou comerciante de provável fortuna, facilmente perceptível pelas muitas mulas carregadas de sacolas e baús que o acompanhavam com outros tantos criados e pajens. – Será que podem me dizer se este é o caminho para Pádua?

Espanto geral. Antes que qualquer um se dispusesse a responder à indagação de Vicêncio, Petrucchio piscou-lhe um dos olho, virou-se para a esposa e perguntou:

– Diz-me, querida Catarina, e sê muito franca em tua resposta...

– Sempre fui, meu senhor – disse Catarina, sem entender muito bem o que ele pretendia, mas, antevendo algo de preocupante, fosse no olhar dele, fosse no risinho sarcástico que se materializava em meio à espessa barba, não foi mais além em sua resposta.

– Já viu antes jovem tão bela?

Vicêncio encarou-o, surpreso, constrangimento e apreensão se sucedendo no rosto pálido.

– Veja essa face angelical... – prosseguiu Petrucchio.

– Senhor... – os olhos de Vicêncio iam e vinham pelos outros rostos igualmente pasmos e silenciosos, sem entender muito bem o que se passava com o corpulento interlocutor.

– Adorável donzela... – de súbito, Petrucchio virou-se para a esposa e pediu: – Vamos, Cata, não te faças de rogada. Abraça-a e homenageia tua formosura!

Catarina trocou um rápido olhar com Hortênsio, que, entre apreensivo e divertido com o absurdo de toda aquela situação, afirmou:

– Cuidado, minha senhora! O pobre homem deve estar furioso por ser confundido com uma mulher...

Catarina achegou-se com calma, chafurdando em terreno traiçoeiro e escorregadio como sempre seria aquele atribuído ao ódio impotente, que se agarra nas pessoas e delas não desgruda, apesar de completamente inútil. Feita de boba, tomada por tola, só lhe restava a obstinação sem sentido ou a submissão precária que a paciência fornece a certas pessoas na expectativa de se safar por outro caminho ou até encontrar uma solução para tão inextricável dilema.

Olhou para Petrucchio. Que ele se julgasse vencedor em seu jogo de brutalidade e imposição de vontade. O tempo, ao fim e ao cabo, acabaria se colocando a seu lado, aliado invencível, pois, se o marido tinha os meios para vencê-la em batalhas renhidas de fome e humilhação como as dos últimos meses, ela saberia ser paciente e se munir das melhores armas para finalmente vencer a guerra.

Afinal de contas, não fora sempre assim entre homens e mulheres desde que o mundo é mundo?

Sorriu maliciosamente, infundindo em si mesma uma confiança que julgara perdida nos últimos tempos. Aquilo que Petrucchio considerava sua força contribuiria para a sua derrota à medida que o casamento fosse um fato consumado e se espalhasse para a natural acomodação dos anos. De maneira indulgente, talvez pudesse enfim amá-lo assim que ele estivesse completamente em suas mãos.

– Mas como você é bela e formosa, querida virgem! – disse, parando diante do velho e estupefato Vicêncio. – De onde você vem? Quão orgulhosos são pais por terem posto no mundo criatura tão encantadora, e como será feliz o homem que a tiver como esposa...

Nesse momento, Petrucchio interveio:

– O que é isso, Cata querida? Acaso está louca? Como foi capaz de confundir um homem velho e enrugado com uma bela donzela?

Catarina nem sequer virou-se para olhá-lo, pois facilmente imaginou a satisfação que sentia ao fazê-la de boba, a reafirmação de seu poder, uma necessidade infantil, mas que ela achou que não fazia mal algum satisfazer. Sorriu, fingindo vergonha, indo à perfeição de experimentar um pequeno rubor no momento em que mais uma vez, encarando o velho mercador, disse:

— Deus me proteja! Terá este sol forte ofuscado minha visão a tal ponto que consegui ver uma bela jovem onde apenas existe um senhor elegante e venerável?

Vicêncio olhou para um e para outro e prudentemente se eximiu de maiores comentários, aceitando as desculpas de um e de outro.

— Simpático casal, meu nome é Vicêncio e sou natural de Pisa – informou. – Estou indo para Pádua, onde pretendo visitar um filho que não vejo há muito tempo. O nome dele é Lucêncio. Porventura o conhecem?

— Mas que feliz coincidência! – disse Petrucchio. – Minha esposa aqui é irmã da jovem com quem teu filho acabou de casar.

— Como assim? – espantou-se Vicêncio. – Está novamente procurando se divertir à minha custa?

— Asseguro-lhe que não. Tenho informações seguras de que os dois se casaram. Mas não se preocupe. A jovem em questão é de família respeitável e traz dote apreciável. Seria uma honra tê-lo como companhia, se assim o desejar.

— Está falando realmente a verdade? – Vicêncio experimentou certo nervosismo e contrariedade diante das informações que recebia.

— Dou a minha palavra de que tudo o que lhe digo é verdade – assegurou Hortênsio.

Petrucchio aproximou-se de ambos e pediu:

— Venha conosco e verá com os próprios olhos!

— Ah, disso agora eu faço a mais absoluta questão! Alguém está sendo enganado em toda essa história, asseguro que não sou eu.

3

    Biondello mal deixara Lucêncio e Bianca na igreja e apressou-se em voltar para a casa do patrão. Temia que seu desaparecimento chamasse a atenção de Baptista e aumentasse a suspeita que já devia ter encontrado pouso inquieto em seu coração à medida que a filha não aparecia.
    O que dizer?
    Como explicar o seu desaparecimento e, em igual medida, como Bianca e Câmbio, o nome pelo qual Lucêncio escondera a verdadeira identidade para melhor insinuar-se e conquistar o coração da bela filha mais nova de Baptista, ainda não tinham aparecido. Empalideceu, verdadeiramente alarmado, mal avistou a casa onde Trânio e o Professor já deviam estar encontrando muita dificuldade para manter a farsa. Inexplicavelmente, o velho Grêmio estava com eles e, ao se aproximar da porta, pôde ouvi-lo esforçar-se por instilar desconfiança no coração de Baptista ao comentar:
    – Muito estranho que Câmbio ainda não tenha chegado com sua filha, não é mesmo, amigo Baptista?
    Preocupado, consciente de que no momento em que entrasse seria crivado de perguntas pelos dois, Biondello recuou sobre os próprios passos e foi nesse instante que a situação se complicou de vez, pois um

numeroso grupo, tendo à frente Petrucchio e o verdadeiro Vicêncio, se aproximava.

– Deus seja louvado, agora estou mesmo enrascado! – gemeu, fazendo o sinal da cruz seguidamente e procurando desvencilhar-se do chamado de Petrucchio.

– O que há, rapaz? Está cego ou surdo? – rugiu ele, alcançando-o com uma de suas manzorras. – Não me ouviu chamar?

– Perdoa-me, meu senhor. É que estou tão atarantado que...

– E por que isso?

– Muito trabalho, senhor...

Vicêncio achegou-se aos dois e, virando-se calmamente para Petrucchio, perguntou:

– É esta a casa de meu filho?

Petrucchio soltou Biondello e o empurrou para o lado, antes de voltar-se para o mercador e responder:

– Perfeitamente. A de meu pai fica mais para os lados do mercado. Se o senhor me permite, é aqui que me despeço...

– De maneira alguma! – cortou Vicêncio. – Não antes de beber alguma coisa comigo... – calou-se bruscamente, a atenção atraída para o burburinho de vozes proveniente do interior da casa; sorriu, enquanto comentava: – E, aparentemente, as coisas vão bem animadas lá dentro, pois não?

– É o que parece...

Bateram. Bateram várias vezes. Como ninguém atendesse, Grúmio adiantou-se aos dois e bateu mais fortemente.

– Realmente, a animação é grande... – observou, com certa contrariedade.

No momento seguinte, o Professor apareceu em uma das janelas e, com certa impaciência, resmungou:

– Ei, devagar aí, meu amigo. Quer derrubar a porta?

Todos os olhares convergiram para ele, Vicêncio adiantando-se em alguns passos aos outros e perguntando:

– O senhor Lucêncio está em casa, meu amigo?

– Está – respondeu o Professor, empertigando-se. – Mas não pode receber ninguém no momento.

– Nem que seja para receber cem ou duzentas libras para animar ainda mais a sua festa?

– Guarde suas libras, forasteiro. Enquanto eu for vivo, ele não vai precisar de nenhuma delas.

Acercando-se de Vicêncio, Petrucchio passou o braço sobre seus ombros amistosamente e, sorrindo, disse:

– Então não é o que eu te disse, meu caro Vicêncio? Seu filho é por demais estimado em Pádua.

Em seguida, voltou-se para o Professor e pediu:

– O senhor poderia fazer o favor de avisar ao senhor Lucêncio de que o pai dele está aqui fora e deseja muito lhe falar.

O Professor lançou um olhar dardejante de desprezo e escárnio na direção de ambos e, ao fixar o olhar em Vicêncio, rugiu:

– Disparate! O pai de Lucêncio há muito tempo que chegou de Pisa e é este que está olhando para vocês no momento, desta janela.

Espanto geral.

– Como é que é? – gemeu Vicêncio, com incredulidade. – Você alega que é o pai de Lucêncio?

– Alego, não. Eu efetivamente o sou.

Petrucchio virou-se para Vicêncio e, aparentando muita contrariedade, rosnou:

– Ora, ora, cavalheiro, acaso não sabe que é muito feio passar-se por outra pessoa?

E a ele ajuntou o Professor:

– Peguem este salafrário. Não o deixem fugir. Na certa está aqui se passando por mim por causa de alguma malandragem...

– Mas o que é isso? Em que pesadelo me encontro? Eu lhes asseguro que sou Vicêncio de Pisa... – Vicêncio, desesperado, corria os olhos

pelos rostos à sua volta, até que de repente avistou Biondello, que se esgueirava para a escuridão, procurando afastar-se da confusão. Gritou:
— Aonde pensa que vai, seu miserável? Volte aqui!

Petrucchio agarrou o pajem pelo cangote e, aproximando-o de si, o rosto transformado em uma apavorante carranca de raiva, perguntou:
— Conhece esse homem, seu piolho?
— Jamais vi esta cara na minha vida!

Vicêncio, fora de si, deu-lhe um tapa na cabeça.
— Como, refinado patife? — berrou. — Quer dizer que nunca viu Vicêncio, pai de teu patrão?
— Como não? — Biondello apontou para o Professor e respondeu: — Ei-lo bem ali!

Novos golpes o alcançaram.
— Socorro, meu amo! — apelou Biondello, desesperado. — Este louco quer me matar!

Da janela, o Professor virou-se para o interior da casa e gritou:
— Socorro, meu filho! Estão tentando matar seu pajem!

Surpreso e preocupado, Petrucchio afastou-se e se colocou protetoramente entre a confusão e Catarina, pedindo:
— Para trás, mulher, que a coisa vai ficar bem violenta por aqui!

A porta abriu-se, e Trânio saiu à frente de um bando em que Baptista e o Professor se misturavam a vários criados.
— Que petulância! — protestou Trânio. — Como te atreves a bater em meu criado?

O espanto de Vicêncio apenas crescia, e ele abria e fechava a boca, incapaz de articular qualquer palavra ou pensamento, diante de outro de seus criados vestido com as requintadas vestimentas que deveriam estar sendo usadas por seu filho e, pior ainda, eram usadas por um dos criados que tinha o desplante de se passar exatamente por seu filho.
— Que trama infernal é essa? — berrou, medindo Trânio dos pés à cabeça com o olhar, os olhos indo e vindo pelos outros rostos, uma

confusão indescritível que o deixava zonzo e, pior, na falta de uma boa e convincente explicação, bem disposto a esmurrar uns e outros.

– Abriram-se as portas do inferno! Enquanto me privo das coisas para dar o bom e o melhor para meu filho, ele e seus criados se dedicam a esbanjar o que ganho com esforço na Universidade.

Trânio empalideceu, mas, procurando acalmar-se e prosseguir na farsa, repetia:

– Não estou entendendo... Não estou entendendo...

Baptista juntou-se a eles na gritaria e, de tempos em tempos, questionava:

– Quem é esse doido, Lucêncio?

– Que sei eu, senhor Baptista? Pela rica vestimenta, imagino tratar-se de um cavalheiro, mas o comportamento é o de um louco furioso. Veste-se com opulência como meu pai...

– Seu pai? Seu pai? – repetia Vicêncio, suarento e fora de si, os olhos iluminados por uma chispa de ódio homicida que a todos mantinha a prudente distância. – Seu pai é um reles costureiro de velas em Pisa, seu sacripanta!

Tentando acalmá-lo, Baptista aproximou-se e pediu:

– Acalme-se, meu senhor. Provavelmente está confundindo esse jovem com outra pessoa.

– Como poderia? Esse traste serve a meu filho há anos e priva de nossa intimidade há tempo demais na minha opinião.

– Mas este é...

– Sei bem quem é esse, acredite. O nome dele é Trânio e serve a meu filho, Lucêncio, que veio para Pádua há alguns meses...

– Mas esse é Lucêncio! – disse Baptista, ele mesmo inquieto e olhando para um e para outro, desconfiado.

Os olhos de Vicêncio, duas flechas flamejantes de perplexidade e ódio, quase saltaram das órbitas fulminando Trânio, que recuou, tremendo dos pés à cabeça.

— Canalha! – gritou. – Você matou meu filho e está por aí se fazendo passar por ele e dilapidando a fortuna de nossa família!

Trânio recuou, escapando das mãos crispadas do velho mercador que tentavam alcançar-lhe o pescoço.

— Chamem a guarda! – suplicou, claudicando e fazendo um esforço enorme para continuar de pé. – Esse louco está querendo me matar!

— Eu? Ir para a prisão? É você o assassino!

Alguns soldados, que, atraídos pela confusão, se aproximavam, avançaram na direção de Vicêncio, mas Grêmio colocou-se no caminho deles e, abrindo os braços, pediu:

— Um momento, guarda. Não o leve ainda. Estou com a estranha sensação de que estamos no meio de um grande embuste, e algo parece me dizer que esse homem é o verdadeiro Vicêncio.

Trânio, fiel a seu papel ou simplesmente por falta de opção, ainda se pôs a desafiá-lo, dizendo:

— Imagino que agora irá dizer que não sou Lucêncio...

Grêmio encarou-o, titubeante, e disse:

— Eu não iria tão longe...

A confusão apenas aumentou, os soldados se esforçando para alcançar Vicêncio, Grêmio obstinadamente em seu caminho, empurrando-os com o próprio corpo, ao mesmo tempo em que se esforçava para afastar as mãos do desvairado comerciante pisano do pescoço de Trânio, o Professor e os outros criados engalfinhados na crescente confusão, loucos embriagados a se engalfinhar uns contra os outros, como a escolher que lado defender, por quem lutar ou, mais certamente, o que fazer. Petrucchio, convenientemente apartado de tudo, abraçou-se à esposa e, quando Biondello quis escafeder-se da confusão, puxou-o pelo cós da calça e o lançou alegremente de volta à balbúrdia.

Socos. Alegria. Empurrões. Uma infinidade até atordoante de palavrões. Tudo se misturando em uma interminável sucessão de acusações de parte a parte.

– Isso vai longe – observou Petrucchio, brincalhão.

O que fazer?

Envolver-se ou apenas esperar que a situação se acalmasse para que tivesse a oportunidade de chamar todos à razão e resolver de uma vez por todas aquela grande confusão?

Petrucchio não sabia e até respirou aliviado quando, saídos sabe-se lá de onde, Lucêncio, o verdadeiro, obviamente, e Bianca apareceram abrindo caminho entre os desavorados contendores, e jogaram-se aos pés de um esfarrapado e arquejante Vicêncio, implorando perdão.

– Meu filho, meu filho! – repetiu o velho comerciante, estreitando Lucêncio em um interminável abraço, apertando, apertando e apertando, quase o asfixiando de tanto alívio e satisfação. – Que alegria saber que você está vivo!

– Perdão, querido pai... – repetia o infeliz, a boca escancarada, tal e qual um peixe fora d'água, praticamente implorando mais por ar do que pela compreensão do pai.

Mais confuso do que antes, as roupas igualmente em frangalhos, o olho esquerdo muito inchado e praticamente fechado, o corpo espicaçado por dores cada vez maiores, Baptista observava a tudo confuso.

O que estava acontecendo?

De onde viera Bianca e por que viera com Câmbio, o professor que...

Mas por que Câmbio chamara de pai ao embusteiro que se fazia passar pelo pai de Lucêncio e por que este o chamava de Lucêncio?

Onde estava Lucêncio?

Pensou, pensou e finalmente perguntou.

Vicêncio apontou para Lucêncio.

– Aqui está ele, o Lucêncio verdadeiro, filho do Vicêncio também verdadeiro – explicou aquele que por meses fora conhecido como Câmbio e que a propósito o fizera de bobo. – Foi assim que o enganei e me casei legitimamente com sua filha!

Grêmio divertiu-se imensamente à custa de Baptista e o fez naquele mesmo instante, repetindo sempre que seus caminhos se cruzavam:

– Uma fraude em que fomos completamente enganados, meu velho!
Baptista se aborreceu:
– Você se casou com minha filha sem meu consentimento!
Contrariado, buscou um canto para remoer as dores, estas bem reais, que se espalhavam por todo o corpo, e a grande decepção pelo logro a que fora submetido, nada que, entretanto, não fosse superado pela habilidade mercantil do velho Vicêncio, homem tido e reconhecido como ótimo negociador, extremamente vivido e, por causa disso, alguém a quem não escapava a compreensão de que, como tudo na vida, um casamento bem-sucedido nada mais era do que fruto de uma grande negociação.

– Não se amofine, meu amigo – disse, conciliador. – Tudo faremos para que fique absolutamente satisfeito.

– O dote... – compreendeu Baptista.

Um amplo sorriso iniciou oficialmente a negociação.

– Nenhum valor é alto o bastante quando se trata da felicidade de meu filho. Não é o que pensa?

– Certamente...

Negócio fechado, então.

4

– Vamos segui-los e ver como tudo isso acaba? – sugeriu Catarina.
– Primeiro me dê um beijo – insistiu Petrucchio.
Pequeno rubor. Constrangimento. Catarina olhou de um lado para o outro, embaraçada.
– Aqui, no meio da rua?
A contrariedade foi imediata.
– Por quê? – questionou Petrucchio. – Tem vergonha de mim?
– Nem pensar!
– Então o que é?
– Vergonha simplesmente...
– Se é assim, voltamos para casa neste momento!
– Não... Eu dou o beijo!
Beijou. Um bom tempo se passou. Bom. Foi bom.
– Ficamos?
– Não estamos aqui?
– Pois é.
– Então ficamos.
Fragilidade.
Não há força realmente quando se tem que a exibir constantemente.

Frágil é o poder que precisa ser imposto e não é simplesmente aceito como tal, que se constitui a partir de sua aceitação por algo bem maior. Paz, tranquilidade, bem-estar.

Petrucchio precisava de tais momentos, como aquele ainda na porta da casa de Lucêncio, quando Baptista e Vicêncio ainda negociavam o dote da bela Bianca e tudo prometia acabar em uma barulhenta celebração. O beijo fora o preço pago, a constatação de que ela estava submissa e completamente domada.

"Assim é se lhe parece", ela pensava consigo sempre que se via confrontada com aquela necessidade do marido. Indulgentemente sorria quando se via frente a frente com a necessidade dele de se sentir poderoso.

Ah, como são fracos os poderosos...

Um simples beijo (e ela admitiu para si mesma, evidentemente, que não foi tão ruim assim) e o resto da noite ela se fartou com a própria liberdade. Em muito pouco tempo, tornou-se uma especialista nos jogos infantis de poder e dominação a que homens e tolos (incluindo-se aí algumas mulheres, certamente) eram afeitos. Uma diversão, brincadeira a que se atirava alegremente e, por vezes, estimulada pelo próprio Petrucchio, que se enchia de alegria quando a via elevar-se em meio à mediocridade de outros.

"Eu mando nela!"

Tinha absoluta certeza de que aquela frase lhe surgia à mente em tais momentos, e Catarina até apreciava alimentar tal sensação de segurança na alma bonachona e autoritária do marido.

Mesmo que aqui e ali tivesse a impressão de que ele a exibisse como um de seus cães de caça ou os cavalos de raça. Nessas horas se perguntava se precisava realmente se exibir como forte e grande para ser efetivamente forte e grande.

E a resposta era... claro que não!

No dia seguinte ao tumultuado casamento de Bianca, durante a festa na casa de seu pai e a propósito dos limites da submissão da mulher aos desejos do homem, algo que inclusive envolveu uma aposta em dinheiro entre os maridos, tolos de parte a parte se envolveram em grande tolice: Hortênsio mandou que chamassem sua viúva, e ela disse que não iria ao encontro dele, mas que ele, se quisesse, fosse ao encontro dela. Melhor sorte não teve Lucêncio, pois Bianca lhe deu igual resposta. Para espanto geral de todos, Catarina não apenas apressou-se em atender ao chamado de Petrucchio, mas, a pedido dele, foi buscar a irmã e a viúva, o que fez sem demora.

    A vaidade cegou Petrucchio, que se lançou a novas provas para que todos se certificassem de que a antiga megera se prestava a submeter-se sem nenhuma contestação, submissa que estava. Por causa disso, disse-lhe que não gostava do chapéu que usava e ordenou que ela o tirasse e pisasse nele com vontade, até destruí-lo. Ela o fez sem pestanejar.

    – Que obediência estúpida! – desdenhou Bianca, com desprezo.

    Todo cheio de si, até porque ganhou a aposta feita com Hortênsio e Lucêncio, Petrucchio empolgou-se e exigiu:

    – Encarrega-te de dizer a essas duas cabeçudas as obrigações que devem ter para com seus maridos e senhores, minha doce Catarina.

    A viúva não acreditou que ela se submeteria:

    – Não o fará!

    Fez. Catarina divertiu-se e começou com ela.

    – Tem vergonha! – gritou, procurando dar surpreendente veracidade a suas palavras, iludir desconfianças e ao mesmo tempo deixar boquiabertos todos que ainda tinham alguma dúvida, por menor que fosse, de que Petrucchio a tinha à sua mercê. – O marido é seu senhor, sua vida, seu protetor, seu chefe e soberano. É quem cuida de você, e, para mantê-la, submete o corpo a trabalho penoso, seja em terra, seja no mar – todos se calaram, mudos de espanto, a começar por Baptista. – E não exige de você outro tributo senão amor, beleza, sincera obediência. Pagamento reduzido demais para tão grande esforço. O mesmo dever que prende o servo ao soberano prende ao marido a mulher. E, quando ela é teimosa, impertinente, azeda, desabrida, não obedecendo às suas ordens justas, que é então senão rebelde, infame, uma traidora que não merece as graças de seu amo e amante? Tenho vergonha de ver mulheres tão ingênuas que pensam em fazer guerra quando deviam ajoelhar e pedir paz. Ou procurando poder, supremacia e força, quando deviam amar, servir, obedecer... – Petrucchio sorria, feliz, satisfeito, um olhar soberbo dirigido a todos que se encontravam no amplo salão e ouviam pasmos. – Também já tive um gênio tão difícil, um coração pior. E mais razão, talvez, para revidar palavra por palavra, ofensa por ofensa. Vejo agora, porém, que nossas lanças são de palha. Nossa força é fraqueza, nossa força, sem remédio. E, quanto mais queremos ser, menos nós somos. Assim, compreendido o inútil desse orgulho, devemos colocar as mãos, humildemente, sob os pés do senhor. Para esse dever, quando meu esposo quiser, a minha mão está pronta.

Hortênsio ainda levantou-se e cumprimentou Petrucchio:

– Você domou uma megera brava!

Lucêncio chegou a dirigir-se a ela e afirmou:

– Estou assombrado, minha senhora. Está domada.

Era no que acreditavam. Até Petrucchio.

Arrogante e mais vaidoso do que nunca, ele virou-se para ela e disse:

– E agora, Catarina, para a cama!

Catarina sorriu.

Divertiu-se com todos, a começar por Petrucchio.

Ah, o poder...

Quanta ilusão!

EPÍLOGO

E então...

Eu, como você, também tenho a maior curiosidade em saber quais foram as impressões, mesmo que etílicas, do bom beberrão Sly, para quem, afinal de contas, se contou essa interessante história de Catarina, a megera domada. O Bardo, no entanto, para meu completo atordoamento e inacreditável perplexidade, simplesmente ignorou, deixou de lado como algo sem importância.

Eu, pessoalmente, acredito que, pelo menos para ele, não tinha importância.

Sly, o nobre entediado que pretendeu se divertir à sua custa e tudo mais, ficou por aí, em qualquer escaninho sem importância do imaginário, em um arquivo empoeirado e, por sinal, ignorado da história, prisioneiro de sua desimportância.

Fazer o quê?

Coisa de gênio, não é mesmo, Bill?

FIM